亞特蘭蒂斯的傳說地點及理據

北美洲

太平洋

大西洋

非洲

南美洲

巴哈馬群島 北緯：24° 西經：76°

1968年，有人在巴哈馬群島附近的海底，發現了一些巨石建築的遺跡。

亞速爾群島 北緯：38° 西經：27°

人們第一次發現這些島時，就看到這荒無人煙的島上居然有牛、山羊和狗等家畜。

欧洲

亞洲

香港

太平洋

印度洋

大洋洲

聖多里尼島 北緯：36° 東經：25°
該島的克里特人曾創造了輝煌的邁諾斯文明，
該文明卻被一次火山爆發摧毀。

世界之謎 科幻小說系列 **4**

保衛亞特蘭蒂斯

山邊出版社有限公司

引子

　　相傳，在地中海西部遙遠的大西洋上，有一個文明高度發達的巨大大陸。這片大陸盛產黃金與白銀，大陸上的所有宮殿都由黃金牆根及白銀牆壁的圍牆所圍繞，宮內牆壁也鑲滿黃金，金碧輝煌。

　　雖然那是在遠古，但那裏的人們已經擁有了連現今文明都無法比擬的高科技：那裏的人們有設備完善的港埠及船隻；有能夠載人飛翔的飛行器；它的勢力不只局限於歐洲，還遠及非洲大陸；甚至還有人說大陸上的民眾利用水晶球匯集宇宙能量，身體非常輕盈，可以在空中飄浮，肉體只佔生命的少部分，大部分生命現象則是一團能量。

　　後來，由於不知名的原因，這片大陸發生了一次大地震。地震之後，它沉落海底，它的文明也隨之在人們的記憶中消失。

　　這片迷人而充滿憂傷色彩的大陸，就是傳說中的亞特蘭蒂斯大陸。亞特蘭蒂斯大陸最初由古希臘的偉大哲學家柏拉圖在其哲學名著《對話錄》中記錄下來。不過令人遺憾的是，在歷史上這片大陸卻沒有任何記載。

　　千百年來，無數的科學家和學者對亞特蘭蒂斯之謎進行探究，甚至有科學家提出了科學研究亞特蘭蒂斯之謎的綱領，如：

●遠古時代大西洋中確有大型島嶼，是大西洋大陸的一部分；

●柏拉圖所記述的亞特蘭蒂斯故事的真實性不容懷疑；

●亞特蘭蒂斯是人類脫離原始生活，形成文明的最初之地；

● 《聖經‧創世紀》中所描述的「伊甸園」指的就是亞特蘭蒂斯；

● 埃及和秘魯的神話中，有亞特蘭蒂斯崇拜太陽神的遺跡；

● 歐洲的青銅器技術源自亞特蘭蒂斯⋯⋯

　　還有科學家研究認為：傳說古代亞特蘭蒂斯是「人間天堂」、「樂園」，但那時地球上只有猿類以及從猿到人過渡階段的生物，因此，亞特蘭蒂斯古國不可能由地球上的人類所創建，只能是「天外來客」──外星人建立的；亞特蘭蒂斯人不可能是地球上土生土長的人種，只能是來自遙遠星球的人種。

　　目前，西方有一些學者提出了一種猜測：地球上早期猿人可能是由亞特蘭蒂斯人與古猿於三百多萬年前結合而產生出來的。

　　也有研究者認為：亞特蘭蒂斯的古文明曾傳至古印度與中國，中國神話中的伏羲氏是人面蛇身的怪物，是亞特蘭蒂斯國王的兒子，當時伏羲氏由愛琴海乘着龍到中國，因此中國人自稱是「龍的傳人」。

　　上述猜測是否正確還難以肯定，尚有待進一步探討。亞特蘭蒂斯大陸真的存在過嗎？如果存在過，它是否真的如傳說中一樣擁有過現代無人能及的高科技？它為什麼會在一夜間沉沒呢？⋯⋯

　　現在，就讓我們和「校園三劍客」進行一次勇氣和智慧的探險，揭開神秘的亞特蘭蒂斯之謎吧！

目錄

第一章　新任務

你知道《聖經》中的伊甸園在哪裏嗎？它不在天上，傳說它在古代遙遠的大西洲的核心——亞特蘭蒂斯城。如今，這個神秘的古城早已沉沒到大西洋海底。有關它的一切，千百年來為歷史學家、探險家們孜孜不倦地探索並津津樂道。

這塊沉沒的大陸存在過嗎？有失落的高度文明嗎？有不盡的金銀財寶嗎？最近一段時間，數不清的旅遊者、尋寶人、科學家，甚至還有軍隊來到了傳說中大西洋古亞特蘭蒂斯城所在的位置，開始了公開的或者秘密的活動。全世界掀起了尋找亞特蘭蒂斯文明的熱潮。

與往常一樣，當有關人類秘密的事件發生時，張小開電腦的Outlook上就會有一個可愛的小天使的聲音響起來。這天傍晚，當太陽從城市的高樓背後慢慢地垂落，涼爽晚風從窗外吹進來的時候，張小開的電腦就「嘟嘟嘟」地響了。張小開、楊歌和白雪把正在翻看的漫畫書

一扔，一起看電子郵件去了。

張小開打開電子郵箱一看，果然是神秘客的來信。
他在信中寫道：

寄件者：**神秘客**
收件者：**張小開；楊歌；白雪**
主　旨：**給校園三劍客的新任務**

校園三劍客：

你們好！

想必你們已經注意到各種勢力的人在古亞
特蘭蒂斯城沉落的海域活動的情況了吧？在這
些探尋者中間，流行着一種傳說：據說亞特蘭
蒂斯古城有着非常發達的文明，如果掌握了這
種文明，那麼征服世界就指日可待了。

我不希望有人獨佔這種文明，更不允許任
何勢力利用它威脅世界，所以我會採取一切措
施來阻止這樣的事情發生。在這之前，我需要
你們——「校園三劍客」的幫助。希望你們能

儘快探索這片神秘的大陸，弄清楚它到底有什麼異常的地方。和以前一樣，我將會為你們提供最大的援助。

神秘客

這時，門鈴聲響了。

張小開兩眼一亮，高興地說：「啊，一定是我們的飛機票來了！」他一邊說，一邊蹦起來趕緊開門去了。

果然，門外站着一位穿制服的特快專遞人員，他手中拿着一封郵件。

看過「世界之謎科幻小說」系列故事的讀者都知道：楊歌、白雪和張小開是陽光中學的中一學生，他們從小一起長大，形影不離，曾經出生入死地偵破過許多神秘事件，被人們稱為「校園三劍客」。不久前，他們接到一封神秘的電子郵件，發電子郵件的人自稱是「神秘客」，他說他一直在尋找既有想像力和創造力，又有勇氣的少年去考察世界之謎。「神秘客」向他們許諾會

無償為他們提供全部的活動經費、辦理出國手續、提供最先進的科學儀器和設備，只要他們需要，甚至可以調動直升飛機、潛艇、航空母艦……由於「神秘客」提供物質上的種種便利，加上「校園三劍客」的機敏和過人的膽識，他們已經成功地破解了「百慕達三角之謎」、「古埃及金字塔之謎」和「尼斯湖怪之謎」，出色地完成了任務。

在此之前，「校園三劍客」一接到任務，就會有人將飛向目的地的飛機票快遞到他們手中，這一回，自然也不例外。

楊歌拆開郵件，取出機票看了一眼，說：

「機票是明天早上的。我們還有一個晚上的時間。」

白雪點頭道：

「亞特蘭蒂斯在什麼地方？我們不如趁現在還有時間查一查關於亞特蘭蒂斯的資料。」

「好！」

張小開坐到電腦前，十指靈活地敲擊着鍵盤，在網上搜索亞特蘭蒂斯的資料。當屏幕上顯示出資料時，他

突然吃驚地叫了一聲：

「啊ㄟ！」

「怎麼啦ㄟ發生什麼事了ㄟ」

　　楊歌和白雪一齊把腦袋湊到了電腦屏幕前。頓時，他倆也驚訝得目瞪口呆。

第二章　大西洲在哪裏？

「**你**們看，資料上説可能是亞特蘭蒂斯的地點有四十多個。」張小開大聲説道。

「四十多個？這麼多，那我們該到哪一個地方去尋找啊？」白雪驚訝萬分。

「先別急，我們看看資料再説。」楊歌對另外兩人説。

在「校園三劍客」中，楊歌永遠起着穩定軍心的作用。接着，他唸起了屏幕上顯示的資料：

自十五世紀哥倫布發現新大陸以後，傳説中失落的亞特蘭蒂斯一直是世人所關注的熱點。四百多年來，探險家和科學家們從未放棄過在全球搜尋亞特蘭蒂斯。另外，人們引用《聖經》、歷代神話和考古學的成果為依據，提出了四十多個被懷疑為亞特蘭蒂斯的地點……

「這麼多可疑地點，總有可能性最大的吧？」張小開自言自語道。

楊歌點頭説：

「是的。資料上説在所有被猜測的地方中，其中有三處被公認為可能性較大。第一種猜測是地中海上的聖多里尼島。因為從公元前1950年到公元前1470年左右，來到該島的克里特人曾創造了輝煌的邁諾斯文明。但公元前1470年的一次火山大爆發摧毀了聖多里尼島的一部分，也毀滅了邁諾斯文明。

「邁諾斯文明的許多特徵與柏拉圖筆下的亞特蘭蒂斯相似，不過，柏拉圖説亞特蘭蒂斯的毀滅是在9,000年前，而聖多里尼島的毀滅是在900年前。於是有人猜測，可能是由於流傳或翻譯的錯誤，使亞特蘭蒂斯毀滅年代數字加大了十倍。

「持異議者認為：就算如此，柏拉圖還記載着亞特蘭蒂斯是在『海克力斯之柱以外』，即大西洋，而聖多里尼島卻在地中海。這就不大能使人信服了。」

「第二種説法呢？」白雪迫不及待地問道。

楊歌接着説：

「第二種説法認為亞特蘭蒂斯不是在聖多里尼，而是在大西洋的亞速爾羣島一帶。人們第一次發現亞速爾羣島時，發現島上有牛、山羊和狗，是誰把牠們帶到這裏來的？在亞速爾羣島周圍的海洋中還生活着海豹。海豹應該生活在近海，從來不會游到海洋中心的。處在海洋中心的亞速爾羣島怎麼會有海豹？人們由此推斷亞速爾羣島其實是一片沉沒的大陸的邊緣。

「但這種看法最大的問題是：柏拉圖筆下的亞特蘭蒂斯是一個具有高度文明的社會，亞速爾羣島卻是荒無人煙的島嶼，沒有發現任何文化遺跡，這一點似乎説不過去。」

「第三種説法是怎樣説的？」

「第三種説法認為亞特蘭蒂斯在大西洋西部的巴哈馬羣島一帶。1968年，有人在巴哈馬的北比米尼島附近的海底，發現了一些巨石建築的遺跡。但這些遺跡是否就是亞特蘭蒂斯，還缺乏相當的證據。直到如今，關於亞特蘭蒂斯的各種説法，雖然各有一定道理，但卻難以稱得上是圓滿的解釋。亞特蘭蒂斯到底是否存在過？如果存在過，它的遺址又在哪裏？這一切仍然還是個

謎。」

「那就糟了，以前『神秘客』讓我們去探險，事前雖然對所探索的世界之謎情況也是知之甚少，但至少知道它們的確切地點。可是現在，我們竟然連確切地點都不知道。我們該怎麼辦？」白雪有些煩惱地說。

「對了，『神秘客』給我們訂的機票目的地是哪裏？」楊歌問。

張小開又看了一下機票，說：「是A國的拉塔市。」

楊歌想了想說：「這麼看來，『神秘客』已經否定了大西洲在地中海的說法。而A國距離巴哈馬羣島的距離又比較近。看來，『神秘客』還是傾向於第三種說法了。」

第三章　人魚少女

　　第二天一大早，「校園三劍客」便搭乘國際航班飛往A國海邊的一座風景秀麗的城市——拉塔市。經過八個多小時的飛行，他們到達拉塔市，並來到了「神秘客」為他們預訂的五星級酒店——海神酒店。在櫃台登記時，接待員小姐看了他們的護照，問他們：

　　「你們就是『校園三劍客』嗎？」

　　三個人大為詫異：

　　「你怎麼知道我們是『校園三劍客』？」

　　接待員小姐微笑着説：

　　「我們酒店剛剛收到一封信。信封上寫着：『校園三劍客』楊歌、白雪、張小開收。所以我知道你們是『校園三劍客』。發信者讓我們把信交給你們，請收好。」

　　接待員小姐説着把信遞給了他們。楊歌接過信，打了開來。他和白雪、張小開都已經知道，一定是「神秘

客」寫來的信。信上寫着：

校園三劍客：

新的科學探索又開始了，你們的目標——沉沒的亞特蘭蒂斯大陸——很可能位於大西洋的中心位置。要尋找傳說中失落的亞特蘭蒂斯，沒有設備齊全的巨型科學考察船是辦不到的。後天，一艘名叫「辛巴德號」的科學考察船將會來接你們，請你們在拉塔市耐心地等待一天。這等待的一天時間，你們可以自由活動。有什麼事情我會及時和你們聯絡的……

最後，「神秘客」還特別關照地寫了一句：

拉塔市是南半球著名的旅遊城市。孩子們，去看風景吧，去看海灘風光吧。

張小開把頭湊到楊歌旁邊，當他看到信的最後一句話時，竟迫不及待地把行李扔給了服務員，大聲説：

「好哇，我們能在這裏好好地玩上一天了。」然後

就往門外衝去。他一邊跑還一邊叫：「楊歌，白雪，快點來呀！」

白雪和楊歌看着張小開焦急的樣子，都覺得十分好笑。他們把行李遞給了服務員，請他幫忙送到預訂的房間裏。然後追着張小開，喊道：「小開，別着急呀，等等我們。」

正是日落時分。

與白天的澄澈湛藍不同，天空此時是彩色的，滿天都是暖色調。

太陽披着橘紅色的外套，順帶把海水、沙灘，還有沙灘上的人都鍍上一層閃閃發光的淡淡的橘紅色。這種橘紅色和大家平時看到的不同，非常的純淨、明亮。

「校園三劍客」來到了海邊。

海灘上的沙子細細的、軟軟的、暖暖的，光着腳丫踩在上面有着說不出的舒服。海水輕輕搖晃着，送過來微小的波浪。波浪歡快地叫着、鬧着、追逐着來到岸邊，拍碎、濺起白色的浪花，像是仰起一張張微笑的臉龐。遠處有一些小漁船，點點白帆在陽光下反射着光。

海風是溫暖的，濕潤的。它輕柔地撫動海岸上長長

的棕櫚葉，輕柔地撫摸「校園三劍客」的臉頰。他們走着，仔細地在沙子中間尋找貝殼，尋找小龜，尋找一切可能好玩的小玩意兒。

「校園三劍客」在某些方面比他們同齡的孩子成熟，但他們終究是孩子，這個時候，他們身上那種童真的孩子天性正淋漓盡致地從他們的一舉一動中體現出來。他們正在沙灘上堆着沙堡，突然，幾隻橫衝直撞的腳將沙堡踩塌了，喧嘩的聲音在他們周圍響起。他們抬起頭，看見海灘突然騷動起來，很多人往遠處的海邊跑去，人們一邊跑一邊説着：

「聽說抓到了一條美人魚。」

「什麼？抓到美人魚了？不會吧，估計是一隻非比尋常的大海牛或者海龜吧？」

「不，真的是美人魚。」

「百聞不如一見，走，看看去。」

……

白雪聽見了他們的話，神色黯淡地説：「美人魚給抓住了，一定會很慘的。」

張小開卻不屑一顧地説：「什麼美人魚？世界上

根本沒有安徒生童話中的美人魚。美人魚其實是一種叫
『儒艮』的哺乳動物。因為儒艮餵奶時用牠粗壯的手擁
抱着孩子，頭部和胸脯全部露出水面，酷似在水中游泳
的人，所以叫『美人魚』。」然後，他還假裝深沉地補
了一句，「稍有頭腦的人絕不會對這類奇談怪論感興
趣，甚至會懷疑這種生物存在的可能性。」

　　楊歌並不理會張小開的長篇大論，他對白雪和張
小開說：「走，不管是儒艮還是美人魚，我們也去看看
吧。」

　　三個人來到人們所說的抓到了美人魚的地方。人多
極了，裏三層外三層，在海灘上形成一道人牆。「校園
三劍客」個頭兒小，又都比較靈活，擠來擠去，很快就
擠到了人牆的前方。人牆被兩名警察拉着的紅色警戒繩
擋着，另外還有一名警察拿着警棍在維持秩序。

　　「校園三劍客」看見海邊停着一隻白色的小型科學
考察船，船上的一個大鐵籠子裏果然關着一條美人魚。

　　「啊？！」

　　張小開見到美人魚之後，頓時發出一聲驚呼。他原
以為會看見一隻胖乎乎的、形象醜陋的海牛或者儒艮，

但眼前坐在籠子裏的美人魚完全出乎他的所料：這是一條和人的形象相差不大的美人魚，和傳說中的一樣，她以腰部為界，上半身是少女，下半身是披着鱗片的漂亮的魚尾，非常美麗。

美人魚看起來像是個十六、七歲的少女，皮膚光滑細膩，有一點粉紅色，就像春天的小桃花一樣。她的鼻樑高高地挺起來，顯得高貴典雅──就像一位公主。她那長長的、微微上翹的棕色睫毛下面，藍藍的眼睛微微泛着淚光。她的頭髮長長地披在肩上，柔順、泛着光

澤，卻有些散亂。她的尾巴像鯉魚一樣呈嫣紅色，在夕陽光輝的照射下閃閃發光。她的全身，罩着一層光暈，像是月光照在湖面上，細碎的鑽石一般的光彩在閃爍，銀色中間雜着透明的青色，純潔無比。美人魚無助地望着海灘上的人羣，嘴唇翕動着。

白雪看着美人魚，眼中頓時泛起了淚光。她難過地想：平時如果她在清澈的水裏游動，該是多麼美麗奪目呀。可是現在，她受了傷，鱗片被漁網割掉了一些，還滲出了殷紅的血。人類真是太殘忍了。

楊歌對眼前的景象也感到忍無可忍，他憤怒地説：「太不人道了，我們應當去救她。」

張小開也説：「對，我們得幫幫她。」

「可是，我們該怎麼辦呢？現在人那麼多，都在看着呢。」白雪有些無助地問。

「我不管，過去看看再説。」張小開説着，從警戒繩下面鑽了過去，跑向船和岸相連的踏板。楊歌和白雪見狀也鑽了過去。這時警察跑過來，用警棍攔住他們，用命令的口吻對他們説：「站住，快回去。」

「不，你們應當把美人魚放了。」「校園三劍客」

異口同聲地説。

這時，一個身穿白色西裝、戴着金邊眼鏡的男子從考察船上出來。他聽見三人的話，不屑地説：「放了？説得輕鬆。」

「校園三劍客」不禁從上到下打量了他一番。這個人二十來歲，看起來既年輕又聰明。他眉清目秀，皮膚十分白淨，眼鏡後面的眼睛富有神采，自信中甚至帶有一點狂妄和自大。看他西裝筆挺，全身上下收拾得乾乾淨淨，楊歌就猜出，他可能是一位非常有天分和才能的科學家。果然，張小開和那人的對話證實了楊歌的想法。張小開突然叫道：「我想起來了，你就是A國拉塔國立大學的懷特博士。我在網上看過關於你的報道，因為你在五年的時間裏從世界各地抓過整整四百五十條美人魚，所以你有一個外號叫『美人魚博士』！」

懷特博士聽張小開這麼説自己，口氣變得更加囂張起來。他笑道：「你説得沒錯。可惜以前我抓的那些所謂『美人魚』只是一些儒艮，而不是真正的人魚。從上大學開始，我就夢想着抓一條人身魚尾的、真正的人魚。經過整整十年的尋找和費盡心機的設局，我終於抓

到了一條真正的人魚。哈哈，我馬上就是世界名人了！我接下來要做的事情就是了解一下諾貝爾獎是一次性付款還是分期付款的，Ａ國政府要不要收諾貝爾獎金的個人所得稅。」

　　然後，他還走過來，拍了拍張小開的肩膀說：「看你這般機靈，真像十多年前的我。小傢伙，記住一句話：成功等於天才加勤奮再加野心。好好努力吧，你很有可能會變得像我一樣著名的。」

　　張小開厭惡地將懷特博士的手甩開，說道：「如果我將來會像你這樣喪盡天良，我寧願什麼都不是。」

　　懷特博士故作惋惜地說：「科學是不能有悲憫之心的，如果你只會充滿同情，那你將一事無成。」

　　「少說廢話，快把美人魚給放了。」張小開大聲說道。楊歌和白雪也做好了硬闖的準備。

　　然而，就在這時，人羣外面傳來大聲說話的聲音。儘管很鬧，他們還是聽到了：「閃開……閃開……」

　　人羣向兩邊散開來。「校園三劍客」看見一隊穿着整齊，帶着武器的士兵在一位少校軍官的帶領下邁着整齊威嚴的步伐走過來。在士兵們的背後，跟着一輛封閉

式貨車。

「校園三劍客」的心都沉了下去：軍隊的出現使他們拯救美人魚的想法變得渺茫。楊歌和白雪都注意到：美人魚的臉色一下變得蒼白，眼淚在眼眶裏直打轉。

少校軍官領着他的士兵從踏板上了科學考察船。然後，四名士兵將裝着美人魚的籠子從船上抬了下來。岸上的兩名士兵利落地打開了貨車的車門，並協助那四名士兵將沉重的鐵籠子抬上了車。

美人魚在上車時，回過頭看了人羣一眼，一滴淚終於掉了下來。

貨車的後門被「砰」的一聲關上了。得意洋洋的懷特博士和軍官一起坐到了貨車前面的駕駛室裏，「砰」的一聲使勁關上了門。馬達聲響起，貨車揚起沙塵，向遠方駛去。

「校園三劍客」目送着貨車和軍隊離去，一點兒辦法都沒有。

夜幕降臨，人們議論着，也漸漸散去。空曠的沙灘上，只剩下「校園三劍客」。三位少年佇立在海風中，靜聽着海浪拍打礁石的聲音，誰也沒説話。

第四章　勇闖軍事基地

「**校**園三劍客」回到了海神酒店，他們的心情都十分沮喪。

白雪首先打破了沉默：「人魚少女太可憐了，我們一定要想辦法救她出來。」

張小開搖頭說：「可是怎麼才能救得了她呢？她現在一定被關在某個軍事基地或者秘密實驗室裏。就憑我們，如何救得了她？」

楊歌拍着張小開的肩膀說：「有什麼事情能難住我們『校園三劍客』？我們應當振作起來，共同想辦法。」

白雪點頭說道：「對，光坐在這裏歎氣，也是沒用的。我們應當好好地策劃一下。楊歌，你的超能力加上張小開的電腦技術，說不定我的生物學知識到時也會派上用場，一定可以救出她來的。」

張小開終於將心中的陰霾一掃而光，抬起頭來說

道：「説得對。」

　　楊歌見大家的情緒都高漲起來了，便説：「現在的當務之急就是要找到人魚少女被關在了什麼地方。假如她被關在軍事基地裏，我們還要想辦法弄到通行證。」

　　白雪眼睛頓時一亮，説：

　　「弄通行證……這不是『神秘客』的拿手好戲嗎？我們去找『神秘客』，他神通廣大，一定會有辦法幫助我們的。」

　　張小開也拍着腦瓜説：

　　「嘿，瞧我們三個，老犯這種騎驢找驢、拿着金飯碗討飯吃的錯誤。」

　　他一邊説着，一邊打開了手提電腦上網。當張小開打開Skype時，他看到屏幕對話框上出現這麼一句話：「怎麼現在才上網，我一直在網上等你們呢……」

　　原來，「神秘客」已經知道了美人魚的事情，他在等待着「校園三劍客」。「校園三劍客」再次對「神秘客」的神通廣大感到驚愕和佩服。

　　「神秘客」告訴「校園三劍客」，他調查到美人魚被關在拉塔市東北郊的軍事基地裏，他已經將整個軍事

基地的電子地圖及三張通行證的程式傳到了張小開的電腦上。張小開立即對三張打電話用的IP卡進行了改造，並輸入了通行證的程式，就製作成了三張可以在軍事基地裏暢通無阻的通行證。又過了一會兒，女服務員送來了三把摩托車鑰匙，並告訴他們新買的摩托車就停在酒店外面的停車場裏——原來，「神秘客」已提前通過電子付款的方式給「校園三劍客」買了三輛摩托車。這樣，交通工具的問題也解決了。

　　夜已深了，整個城市都進入了夢鄉，街道上沒什麼人，三個少年騎着摩托車風馳電掣般朝着軍事基地的方向馳去。

「校園三劍客」騎着摩托車來到軍事基地的門口，兩名持槍的士兵攔住了他們。一個士兵面無表情地說：「證件。」

　　楊歌從口袋裏不慌不忙地拿出預先偽造好的三份證件，遞給了士兵。士兵很認真地看了看，然後又在崗亭裏的電腦上核實證件（「神秘客」在網上無所不能，這點兒小事他自然做得天衣無縫），士兵確認沒有什麼問題後，把證件還給了他們，揮手示意他們進去。他們剛走了兩步，崗亭裏走出一位三十多歲的少校，他突然叫住了三人，問道：

　　「等一下，你們進去幹什麼？」

　　楊歌被猛地問了一句，怔了一下。張小開反應快，接口道：

　　「我們是……是懷特博士的助手，來協助他工作的。」

　　「懷特博士的助手？」少校半信半疑地問。顯然，他們的年齡、談吐、摩托車都讓人懷疑他們的身分。

　　白雪見狀，從口袋裏拿出了「世界之謎研究協會」給他們頒發的「專家證」，遞給了那位少校。少校仔細

看了一下三人的「專家證」，臉上僵硬的神情逐漸放鬆下來。他用十分崇敬的口氣說：

「原來是三位小專家啊，請進吧，懷特博士在裏面呢。」

三人來到一座半球形的實驗樓前面，下車後將摩托車停在了門邊。一隊荷槍實彈的士兵向他們三人走來，三人的心怦怦直跳，但他們還是盡量顯出鎮靜的樣子，不讓他們感到懷疑。士兵們終於走遠了。三人不約而同地喘了口氣。這時，他們看見實驗樓的大門關得很嚴實，大門的旁邊，有一盞紅燈在閃閃爍爍。

張小開走上去，想去按那個紅燈，剛走近，一個機械的聲音響起來：

「請插入通行證。」

原來紅燈是一個監測器。

仔細看了看，張小開發現紅燈下面有一個孔，寫着「insert（插入）」。他們依次插入了各自的通行證。機械的聲音再次響起：

「證件有效，准許通行。」

然後，大門向一邊徐徐打開，三人進入後，大門就很快地再次關閉。

　　現在，他們終於進入了實驗樓。可是，美人魚在哪裏呢？

　　張小開和白雪都把臉轉向楊歌，説：

　　「只有依靠你的超能力了。」

　　楊歌點點頭説：「對。讓我用思維波來尋找她吧。只要她離我們不超過1,000米，我就可以感覺到她。」

　　楊歌閉上眼睛，開動心靈的雷達，搜尋着人魚少女的腦電波，十幾秒鐘後，他就接收到了人魚少女痛苦而憂傷的腦電波，並判斷出她所在的位置。

　　楊歌睜開雙眼，稍稍定了定神，説：

　　「先往右邊走，再向左邊拐……她就被關在實驗樓最中心的實驗室裏。」

　　走廊裏不時地有穿着工作服的工作人員來來往往，「校園三劍客」盡量裝出老成的樣子，不讓那些人懷疑。

　　三個人在實驗樓裏拐來拐去，最後來到一扇大鐵門前面。這一次，大門沒有提示要插入通行證的紅燈，有

的只是一個小鍵盤，上面寫着：

「輸入密碼進入」。

通行證已經不管用了。怎麼辦？

白雪對張小開説：「小開，你能破解密碼嗎？」

張小開點頭説：「沒問題，這事包在我身上了！」

他一邊説着，一邊打開了隨身帶着的手提電腦。隨後，他通過無線連接的方式，將他的手提電腦與基地的主機網絡連接在一起了（這在常人難以想像，但對於張小開來説卻是輕而易舉），進入主機的程式，開始解析電腦密碼。

就在張小開忙於破解電腦程式的時候，楊歌把白雪拉到一邊，小聲地説：「我的思維波剛才還感覺到美人魚在動，好像是在掙扎。現在怎麼一點兒動靜也沒有了？」

白雪擔心極了，説：「她會不會出事了？」

楊歌説：「至少現在還不會。基地的研究者肯定要對她進行充分的研究，直到沒有利用價值時，才會將她處理掉。現在可能是他們給她催眠了，人魚少女的思維波才沒有反應。」

這時侯，張小開在那邊大叫起來：「好了！我找到密碼了。真是太簡單了嘛！」

楊歌跑過去，問：「密碼是什麼呢？」

張小開說：「很簡單。『Atlantics 2000（亞特蘭蒂斯 2000）』。」

白雪聞言十分敏感地說：「為什麼用Atlantics當密碼，莫非這個基地和我們要探索的亞特蘭蒂斯有關？」

張小開和楊歌都點了點頭，感覺白雪的話說得有道理。

這時，張小開往鍵盤裏輸入了密碼，大鐵門開了，一個顏色淡雅、乾淨整潔的大實驗室呈現在他們眼前。

第五章　琴聲的魔力

「校園三劍客」一進入大實驗室，就看見在實驗室的中央，一個高高的實驗台上，擺放着一個巨大的透明玻璃箱子，裏面盛滿了水，氣泡從許多輸氧氣的導管裏不斷地冒出上升。人魚少女已經昏過去，半仰着身體懸浮在水中，一動不動。她的頭髮十分美麗地在水中舒展着。玻璃水箱的旁邊，站着幾個穿白大袍的人，正緊張地忙碌着，看不清他們在做什麼，可是他們互相說話的神情顯得很激動。

張小開說：「快。不知道他們要把美人魚怎麼樣呢！」

三個人衝了上去，大聲喝道：「住手！不准傷害她！」聲音很大，在空曠的實驗室裏回響，很是驚人。

穿白大袍的人們先是吃了一驚，停下了手上的工作，待看清楚是三個小孩後，都顯得很驚訝。他們中走出一人，正是下午逮住美人魚的懷特博士。他看起來有

些疲倦，但卻十分興奮。他走到「校園三劍客」面前，有些不耐煩地説：

「怎麼又是你們？你們是怎麼進來的？」接着他指着張小開説，「莫非是你這個小傢伙搞的鬼？我説過你很機靈，跟我小時候差不多。以後你如果想拜我為師的話，我可以考慮收你當徒弟，不過現在絕對不行，這裏不是玩的地方，快離開這裏。」

張小開氣壞了，朝他「呸」了一聲，説：

「像你這樣名利熏心的人，就是有比爾‧蓋茨的天才、愛因斯坦的智慧，我也不會拜你為師的！」

懷特博士見他們不聽勸阻，就拿出對講機，按了個鍵，用教訓的口氣大聲説道：

「是基地保安局嗎？你們怎麼搞的，竟然把三個小孩子放進來了，趕快來人把他們轟走。」

白雪見狀對楊歌説：

「我們快動手吧，不然就沒機會了。」

「好！」

楊歌一邊説，一邊將雙掌合在一起。這時，*他的掌中飛出一道蛇形的* **閃電**。「砰」的一聲巨響，閃電擊中

34

玻璃箱子，箱子的玻璃被擊出一個大洞，碎片四濺，箱中的水立刻噴湧出來，四處流溢。所有在場的人都大驚失色。

「攔住他們！」懷特博士氣急敗壞地説。他的助手們便圍了上來。

説時遲，那時快，張小開和白雪此時早已穿過玻璃箱子的大洞，鑽進了箱中。此時，因為巨響聲和水的飛速流淌，人魚少女蘇醒過來。她看見了鑽進魚缸裏來的白雪和張小開，全身縮成一團，眼睛睜得大大的，彷彿裝滿疑問。

白雪用盡量緩和的聲音對她説：「別害怕，我們是來救你的。」

人魚少女從白雪和張小開的目光裏看到了真誠和善良，她把手伸向了張小開。平時體育總考不及格的張小開，此時不知從哪裏來了這麼大的力氣，一把將人魚少女背到了背上。

懷特博士和他的助手們圍上來了，他們手中都拿着椅子、拖把之類的器具。懷特博士還惡狠狠地威脅道：「把她放下，我命令你們把她放下！」

楊歌見圍上來的人越來越多，便雙掌合在一起，射出一道閃電，擊中一個助手手中的拖把。那拖把立刻燃燒起來，嚇得那人把拖把扔在地上，其他人也閃了開來。就在這一瞬間，楊歌三人瞄準了位置，從人牆裏衝了出去。

　　他們的身後，傳來懷特博士惱怒的聲音：

　　「快去追啊，你們這些笨蛋！」

　　張小開背着美人魚，和楊歌、白雪衝出實驗樓的時候，警報聲響徹了整個軍事基地，靴子奔跑的聲音、軍官們的呼喊聲、對講機的聲音響成一片。

　　三人騎上了摩托車，美人魚從氣喘吁吁的張小開背上轉移到了楊歌的摩托車後座上。

　　三輛摩托車向軍事基地的門外衝去。由於摩托車的速度非常快，竟然在潮水般圍上來的士兵中殺出了一條通路。因為開車的是三個孩子，而他們又帶着美人魚，所以士兵們都不敢開槍。三輛摩托車就這樣如入無人之境般地衝出了軍事基地。

　　十幾輛軍車在後面緊追不捨。

　　摩托車與軍車在高速公路上展開了驚心動魄的追逐戰。要知道，「校園三劍客」可是「少年摩托夢之隊」的快騎手，即使是訓練有素的軍人們，也沒法一下子追上他們。

　　天空中響起了直升機「轟隆隆」的聲音，直升機射出的強光像舞台上的聚光燈一樣，洞穿黑暗，緊緊地追着三少年的摩托車。但是，沒有人敢開槍，不是怕傷着「校園三劍客」，而是怕傷着被他們拯救的美人魚。

　　三少年也互相鼓勵着：

　　「保持冷靜，堅持到底，美人魚只要回到海裏就沒事了。」

　　摩托車朝着海邊飛馳而去。

　　當三少年的摩托車飛馳到海灘上時，幾十架直升機已提前趕到，從直升機出來的數百名軍人迅速將海灘封鎖上了。

　　在他們的身後，大隊軍車也已經追上來了。

　　張小開着急地喊道：

　　「楊歌，怎麼辦？他們要包圍我們了！」

楊歌也束手無策。*他們現在正處於前有堵截，後有追兵的境地。*

難道「校園三劍客」冒着生命危險救出的人魚少女又要落入懷特博士和軍隊的手中嗎？

衝是衝不過封鎖線的，怎麼辦？

軍人的包圍圈像束緊的口袋一樣越縮越小，越縮越緊，而且越往後人越多，「校園三劍客」想衝到海邊去放生人魚少女的計劃變得渺茫起來。

荷槍實彈的士兵們逼近了。三少年面向着士兵們將人魚少女圍在中心，保證人魚少女的安全。

一輛軍用的小轎車駛來，懷特博士從車上下來，他的臉上依然掛着那種狂妄的笑容。他得意地説：

「孩子們，妥協吧。你們的行動的確很讓人佩服。不過，面對現實吧，不是小説也不是電影，你們已經沒有辦法了，快把美人魚交出來。」

「校園三劍客」憤怒地注視着懷特博士，可是，他們現在真是到了山窮水盡的地步，一點兒辦法都沒有了。

就在「校園三劍客」絕望到極點的時候，他們的耳

邊突然響起了悠揚的琴聲，那琴聲一開始還若有若無，越往後越清晰。他們再仔細聽時，發現那聲音來自大海。

「校園三劍客」、懷特博士、軍官們、士兵們，都把目光轉向了大海。

反射着滿天星光的海面上，竟然浮出了許許多多的美人魚，她們的模樣，全都那麼清秀美麗。

琴聲就來自於她們。她們手中彈奏的豎琴——就像古希臘傳説中描寫的那樣，琴聲美妙悠揚，彷彿隨着海浪在輕輕地蕩漾。

奇怪的是，那琴聲彷彿具有魔力，在人們心裏也輕輕地蕩漾着，令聽者如癡如醉。

軍人們都醉了，傻傻地站着。軍官們也都傻了，忘了下命令。

懷特博士早就呆了，側耳傾聽時，臉上竟然浮起孩童般純潔的微笑。

楊歌、張小開和白雪也傻了一樣，忘記了危險，也忘記了應該利用這個難得的機會把美人魚送回大海。

這時候，海中一個美麗的、跟岸上這位美人魚長得

酷似的美人魚向「校園三劍客」招手，嘴裏發出「唧唧唧」的聲音。

「校園三劍客」如夢方醒。他們抱着美人魚穿過士兵們的包圍圈，走向大海，把她小心翼翼地放到海水裏。海裏的美人魚用手接住了她。

楊歌指着岸上那些被音樂迷得跟蠟像似的一動不動的人們，問海裏的美人魚：「他們……怎麼回事呢？你們的音樂有魔力嗎？」

剛才招呼他們的美人魚搖了搖頭，又指了指大海。楊歌猜測她的意思可能是說她不會講人類的語言，沒法和他們溝通。楊歌他們救的美人魚受了傷，需要馬上送回到海底治療。知道美人魚要走，張小開頗有些戀戀不捨地問：

「人魚姐姐，我們以後再也不能見面了嗎？」

受傷的美人魚點了點頭。她的眼裏也閃動着淚光。隨後，她解下脖子上的項鏈，遞給了張小開。

張小開把項鏈捧在手心。項鏈的墜子是一顆很大的心形水晶，被波光照得閃閃發光。張小開緊緊握住了它，感覺到十分溫暖。他使勁點了點頭。

這時，領隊的美人魚朝其他的美人魚揮了揮手。音樂停了，美人魚們沒入了水裏，都消失在起伏的海波中。

海灘上的人們全都蘇醒過來了。但是他們忘記了自己的任務，所有的人都為自己突然來到海邊感到莫名其妙。並且，他們對海灘上怎麼有那麼多的軍用飛機、軍車、軍人感到迷惑不解。

他們互相打聽是不是發生了戰爭，但被問的人都聳聳肩膀，表示自己也不知道怎麼回事。他們的大腦，就像被清洗過的磁帶一樣，什麼也想不起來了。

「校園三劍客」對眼前的一切也深感奇怪。當「校園三劍客」從士兵們身邊走過時，他們沒有一點兒抓「校園三劍客」的意思，他們的臉上都表現出陌生的神情，連懷特博士也不例外。

軍官們開始大聲吆喝着整隊，然後下命令離去。

軍車撤走了，直升機也飛離海岸。

海鷗翩翩飛翔，發出清脆的叫聲。

一切都回復平靜。只有滿天的星光照耀着波浪起伏的大海。

第六章　古大陸傳說

美人魚事件使「校園三劍客」對亞特蘭蒂斯的好奇心大大地增強了。在等待「辛巴德號」考察船期間，他們沒有出去遊玩，而是又租了兩部電腦，三個人分別上網查詢關於亞特蘭蒂斯的資料。一天的光陰在「校園三劍客」的忙碌中很快過去了。當窗外夕陽映照着燦爛晚霞的時候，他們三人又聚攏在一起。

白雪有點兒沮喪地說：

「唉，忙乎了整整一天，可是找到的資料卻少得可憐。」

張小開也說：

「咦，你也是？我以為只有我這樣，一開始還不好意思說呢。坦白告訴你們，我只找到一些極不準確的材料。」

楊歌也很無奈地說：

「我的情況也好不了多少。怎麼都是這樣呢？不

過，多少總算有些收穫吧。白雪，先說說你找到什麼了？」

白雪揮了揮手上的幾張紙：

「這就是我列印出來的東西。都不是準確的科學資料，而是一些猜測。科學家們認為：假定亞特蘭蒂斯確實存在過的話，那麼它一定是一個有着悠久歷史、科技水平甚至要超過我們現在的文明古國。亞特蘭蒂斯一直繁榮昌盛到公元前9600年。根據這個年代推算，亞特蘭蒂斯建國時，地球上其他地方只有猿類和一些從猿過渡到人的生物。

「正因為如此，有人認為：亞特蘭蒂斯古國不可能由人類所創建，只能是外星人建立的；而亞特蘭蒂斯人不可能是土生土長的地球人，只能是來自遙遠星球的人種。目前，西方有一些學者猜測：地球上的早期猿人可能是由亞特蘭蒂斯人與古猿於三百多萬年前相結合而產生出來的。」

楊歌皺了皺眉頭說：

「又是外星人。好像世界之謎都跟外星人有關，真讓人頭疼。還有其他資料嗎？」

張小開這時插話道：

「我也找到了一些亞特蘭蒂斯人是外星人的資料：據説有的科學家還提供了相關證據。法國內克爾醫院細胞遺傳實驗室主任格魯希博士對早期猿人起源問題經過長期的研究之後，從染色體着手，解釋了從猿變成人的突變過程。另外，法國學者托姆也對細胞的變異進行了研究，之後其他學者又將『突變論』深入到遺傳、進化等方面，用來研究新物種起源的突變現象。染色體在不同的生物中，數目、形狀和大小是不同的，而在同一種生物中則是嚴格確定的。

「古猿的染色體有24對（共48條），其中23對是常染色體，一對是性染色體。可是，有些古猿由於偶然變異，以致少了一條常染色體，一共只有47條。它們與亞特蘭蒂斯人結合，就產生了具有23對染色體的早期猿人。當然，關於這些結論，持不同意見的科學家還是佔大多數的。」

「還有別的更可靠的資料嗎？」楊歌問。

白雪不好意思地搖搖頭説：「沒找到別的東西了。」

　　「我也一樣，」張小開說道，「對了，楊歌，你的收穫如何？」

　　「我找到的資料倒不少，」楊歌答道，「不過都是一些關於亞特蘭蒂斯的傳說。許多傳說還充滿了傳奇色彩。」

　　白雪來了興趣，催促楊歌說：「楊歌，快給我們講講亞特蘭蒂斯的傳說吧。」

　　張小開也叫道：「對，快說。你先說說這個亞特蘭蒂斯城是怎麼來的吧。誰建的？是不是一個偉大的國王？」

　　楊歌搖搖頭說：「不是人間的國王。傳說亞特蘭蒂斯王國是**海神波塞冬**創建的。」

張小開迫不及待地回了一句：「沒道理。亞特蘭蒂斯又不是一開始就在海底的，它原先明明是在海島上的嘛。再說，波塞冬是神，他要創建一個凡間的城做什麼？」

楊歌也點頭贊同：「是啊，這座城又不是他的宮殿，為什麼一定要建在凡間呢？」

白雪搶在張小開之前先問了：「那他到底為什麼要創建這座城呀？」

楊歌答道：「傳說當眾神分配地球時，亞特蘭蒂斯所在的大陸由大海和地震之神波塞冬負責掌管。當時那片大陸上已有人居住，波塞冬和大陸上一位名叫克萊托的少女相愛，並一起同居。為了保衛克萊托的安全，波塞冬在他倆安家的小山周圍構築了兩道屏障和三條深溝，形成了同心的保護圈。波塞冬和克萊托一共生育了五對雙胞胎，都是兒子，他們最終成為這片大陸的十位國王。波塞冬將疆土分封給他們，十位國王結成聯邦進行統治。因為波塞冬最喜歡長子，所以用長子的名字給王國命名叫……」

張小開接道：「亞特蘭蒂斯？」

　　楊歌誇獎道：「聰明。傳說在亞特蘭蒂斯王國，陸上出產無數的黃金與白銀，所有宮殿都由黃金牆根及白銀牆壁的圍牆所圍繞。宮內牆壁也鑲滿黃金，金碧輝煌。在那裏，文明的發展程度令人難以想像：有設備完善的港埠及船隻，還有能夠載人飛翔的飛行器。它的軍艦非常先進，據說在當時沒有一個國家敢和它對抗。它的國土面積比北非和小亞細亞加起來還大，其勢力不只局限於歐洲，還遠及非洲大陸呢。」

　　白雪問：「那這樣強大的帝國怎麼會滅亡了呢？」

　　楊歌答道：「關於帝國滅亡原因的說法就非常多了。根據柏拉圖的記述，由於亞特蘭蒂斯的文明程度極高，國勢富強，社會漸漸開始腐化，人們貪財好富，利慾熏心。另外，統治者還窮兵黷武，發動征服世界的侵略戰爭。亞特蘭蒂斯這種背棄上帝眷顧的行為，最終導致天神震怒，天神因而喚起大自然的力量，讓他們遭遇洪水和地震，沉下海底。也有一種說法認為，亞特蘭蒂斯人本來不是地球人，在任務完成之後被外星人召回，然後毀掉了這個帝國。」

　　張小開連忙問：「他們完成的是什麼任務？」

楊歌搖頭道：「不清楚。還有的說他們是為了躲避什麼災難，自己沉下去的。」

張小開又問：「什麼災難？」

楊歌回答：「也不清楚。」

白雪見張小開沒完沒了地問，便說：「這樣問沒有結果，傳說總是無頭無尾的。」

張小開這才沒再說話。白雪接着問：

「這種傳說的其實性有多大？」

「亞特蘭蒂斯傳說，最早見於古代大哲學家**柏拉圖**的著作《**對話錄**》。柏拉圖在書中記錄了由他的表弟柯里西亞斯所敍述的亞特蘭蒂斯的故事。柯里西亞斯是蘇格拉底的門生，他曾在對話中三次強調亞特蘭蒂斯的真實性。柯里西亞斯説，故事是他的曾祖父從一位希臘詩人索倫那兒聽到的。索倫是古希臘七聖人中最睿智的一位。索倫在一次埃及之旅中，從埃及老祭師處聽到亞特蘭蒂斯傳説。」

「天哪，這個傳說到柏拉圖那兒已經繞了這麼多彎了。在科學界，難道關於亞特蘭蒂斯一點兒確切的消息都沒有嗎？」張小開頗有些喪氣地説。

「也不完全是這樣，」楊歌搖頭說，「在19世紀中期，美國考古學家德奈利經過畢生努力，出版了他的研究成果《亞特蘭蒂斯——太古的世界》，他也因此而被譽為『科學性的亞特蘭蒂斯學之父』。德奈利一共提出了有關亞特蘭蒂斯大陸的十三個綱領。」

「都是什麼？」

白雪和張小開都很感興趣地問。

「你們看吧。」楊歌說着將他從電腦裏列印出來的材料遞給他們看。白雪和張小開迫不及待地看起來：

一、遠古時代大西洋中確有大型島嶼，那是大西洋大陸的一部分；

二、柏拉圖所記述的亞特蘭蒂斯故事的真實性不容懷疑；

三、亞特蘭蒂斯是人類脫離原始生活，形成文明的最初之地；

四、隨着時間的推移，亞特蘭蒂斯人口漸增，於是那裏的人們遷居到了世界各地；

五、《聖經·創世紀》中所描述的「伊甸園」，指

的就是亞特蘭蒂斯；

六、古代希臘及北歐傳說中的「神」，就是亞特蘭蒂斯的國王、女王及英雄；

七、埃及和秘魯的神話中，有亞特蘭蒂斯崇拜太陽神的遺跡；

八、亞特蘭蒂斯人最古老的殖民地是埃及；

九、歐洲的青銅器技術源自亞特蘭蒂斯；

十、歐洲文字中許多字母的原形，源自亞特蘭蒂斯；

十一、亞特蘭蒂斯是塞姆族、印度和歐洲各民族的祖先；

十二、12,000年前，亞特蘭蒂斯因巨大變動而沉沒於海中；

十三、少數居民乘船逃離，留下了上古關於大洪水的傳說。

第七章 「辛巴德號」考察船

清晨的海灘還很安靜，空氣有些微冷，客船和貨船都在昨天晚上離開海港出發，現在海灣裏只停着兩艘巡邏的艦艇。附近海灘上有一些人在悠閒地散步和晨練，天空還是灰色的，海鷗盤旋在寧靜的海面上，時而發出一聲聲清亮的鳴叫，海港就隨着這「嘔」、「嘔」的叫聲慢慢蘇醒過來，繁忙起來。

開始有客輪進港了，穿着深藍色制服的工作人員都站在自己的崗位上行禮，迎接一批又一批來這裏遊覽觀光的客人們。他們呼吸着這裏清新的空氣，興致勃勃地談論着這裏的天氣、這裏的海以及他們知道的這裏的風土人情。貨船來的時候，就更加繁忙了，升降機把貨物集裝箱平穩地從船上調到等待着的大型平板貨車上，又把岸上的集裝箱送到貨船上，一切進行得有條不紊。因為這裏是風景區的緣故，近岸的地方一律沒有儲存貨物的庫區，所有的貨物都必須高效率地運離海岸，貨船匆

匆地來，又匆匆地離開了。

　　海灘上的人漸漸多了起來，但是海水還是太冷，只有一、兩個人有下海游泳的勇氣。

　　一個小男孩拿着望遠鏡在看海，小男孩突然大聲地喊道：

　　「『辛巴德』！爺爺，你看那是『辛巴德』！」

　　男孩的爺爺仍然低着頭蹲在地上挖貝殼，不相信説：

　　「看錯了吧，怎麼會是『辛巴德』呢？」

　　「真的，真的是『辛巴德』！」

　　旁邊的人也對小男孩説：

　　「『辛巴德』科學考察船不會這麼快就返航的。」

　　是的，人們都很清楚地記得三天前從這裏出發的「辛巴德號」科學考察船。

　　當全世界都掀起了考察亞特蘭蒂斯文明的熱潮之後，距離傳説中的沉沒大陸最近的A國自然也不甘落後。他們在最短的時間裏，用最多的錢打造了一艘豪華程度可以同當年的「鐵達尼號」相媲美的科學考察船「辛巴德號」科學考察船。

　　隨後，Ａ國政府又不遺餘力地投下巨資，從世界各國招募來最優秀的科學家和航海員，去大西洋中部探索傳説中的大陸。「辛巴德號」科學考察船成了Ａ國人民的驕傲。在Ａ國，從剛剛學會説話的孩子，到年逾九旬的老人，都知道「辛巴德號」。Ａ國政府以《一千零一夜》中七次航海的傳奇水手「辛巴德」為其命名，足以看出政府和人們都對它的成功寄予厚望。

　　「辛巴德號」是三天前從這裏出發的，政府組織了隆重的歡送儀式。正在亞洲訪問的總統致電説因為不能親自為船員送行感到十分遺憾，並希望他們能不辜負全世界人民的厚望。成千上萬的人趕到港口來參加歡送儀式，通訊衞星把這裏的場景傳送到世界每一個角落，相信那一天全球談論最多的話題一定是「辛巴德」。

　　那艘巨型輪船慢慢地靠近了港口，人們都清楚地看見了它船頭高高飄揚的Ａ國旗幟，還有船身上寫着的「辛巴德」幾個大字。沒錯，它就是「辛巴德」。

　　附近的人們全都放下了手裏的事情。

　　「辛巴德，辛巴德……」人們一邊大聲地喊着，一

邊不約而同地湧向港口。

　　這艘本來是要深入大西洋中部考察的船隻怎麼這麼快就返回了呢？難道是輪船中途出現了故障，所以被迫返回？還是遇到了什麼別的麻煩？或者是他們已經得到了結果，大功告成勝利返航？人們紛紛議論着這艘舉世矚目的考察船，猜測着它返航的原因。

　　「辛巴德」返航的消息像長了翅膀一樣傳得飛快。沒多久，整個城市的人都知道了這件事情。在「辛巴德」靠岸之前，新聞記者們便匆匆驅車趕到現場，港口到處充斥着人羣、車輛、舉着照相機和攝影機的記者們、神情嚴肅的政府官員。

　　由於考察船是受嚴密保護的，人羣和記者們都沒有辦法接近考察船，更不要説詢問船上的人了。正當岸上亂作一團時，年輕的、長滿絡腮鬍子的白人船長阿力出現在面向海岸的甲板上，他看着船下擁擠的人羣，舉起了喇叭。

　　「大家請安靜一下，」無線擴音器讓阿力船長沉穩有力的聲音在港口上空回蕩，「我知道現在大家一定

很想知道『辛巴德號』返航的原因。是的，確實讓大家很意外，但是，我告訴大家，我們返航的目的，只不過是接到上級的命令，回這裏來迎接三位來自中國的科學家……」

話音未落，人羣又騷動起來。想想，這麼一艘執行世界級重大任務的考察船竟然會為三個人而中途返航！這三個人該有多大來頭？該是多麼重要的人物呀！

「會是誰呀？」人們又開始了新一輪的猜測，很想看看這三位如此神通廣大的人。

當「校園三劍客」好不容易從人羣裏擠進去，來到科學考察船前面時，一個肥胖的警察攔住了他們。他甚至十分粗暴地對他們說：「小孩兒，別搗亂，到別處去玩吧。」

張小開卻不管他這一套，他從口袋裏掏出證件，「啪」的一聲亮在了胖警察面前，神氣地說：「我們就是阿力船長說的『三位來自中國的科學家』。」

胖警察接過他們的證件，看了一眼，不禁大吃一驚，伸出的舌頭好半天縮不回去。他訥訥地說：「你

們……等……等一下，我去告訴……告訴船長。」

當「校園三劍客」被胖警察帶到阿力船長面前時，所有的人都大吃一驚──巨型科學考察船返航竟然是為了這三個看起來不諳世事的少年！

阿力船長站在「校園三劍客」面前。他是一位中等身材的歐洲人，二十多歲，臉色泛紅，長滿絡腮鬍子，英俊且充滿男子漢氣概，淺藍色的眼睛裏閃爍着一種睿智的光芒。他身上穿着筆挺的海軍制服，看起來屬於那種不苟言笑的人。當他聽説「校園三劍客」就是來自中國的專家時，一臉驚異。他上上下下打量了他們一番，然後用半信半疑的口氣問道：「你們就是……」

張小開拍着胸脯答道：「是的，我們就是來自中國的專家。我叫張小開。」

楊歌和白雪也自我介紹：「我叫白雪。」「我是楊歌。」

阿力船長向他們三個人要了證件，仔仔細細地看了一遍，他沒能找到任何破綻。當他終於確信「校園三劍客」絕非假冒時，便把證件扔還給他們，自言自語道：「上級是怎麼搞的，竟然會為了這三個小孩子讓我們返

航。」

「校園三劍客」互相對視了一眼，他們心裏很清楚：是「神秘客」偽裝成阿力船長所説的「上級」對船長發出了命令。張小開聽阿力船長這麼説，心裏極不服氣。他很認真地對船長説：「阿力船長，你知道嗎？中國有一句古話叫『人不可貌相，海水不可斗量』。」

阿力船長並不理會張小開的問題，他反問道：「你們知道『辛巴德號』的任務是什麼嗎？」

「尋找亞特蘭蒂斯大陸！」

「知道就好。」阿力船長帶着一絲輕視的口吻説。

白雪忍不住説道：「阿力船長，我知道您不相信我們，我們目前確實也沒有辦法向您證明什麼，但是請您相信您的上級。如果我們真的是毫無可取之處，上級怎麼會非要叫您返航呢？」

阿力船長一聽「返航」兩個字，更加火冒三丈，只是也不好意思衝着孩子發脾氣，便説：「上級，上級就是總會給你添麻煩的人！」

三個人知道沒有辦法説服這位固執的船長，只好默不作聲。

阿力船長也沉默了一會兒，然後對他們說：「好吧，既然你們已經是船上的人，我會給你們安排好住宿和飲食。對了，你們應該還在上學吧，這裏任何一位科學家都會比你們老師的知識淵博幾十倍，就放心你們的功課吧。不過，可千萬不要把這裏當作遊樂場！」

　　阿力船長說完便轉過身去，對他的手下說：「現在就啟航吧。」他說完頭也不回地鑽進了船艙。

　　「辛巴德號」科學考察船在汽笛的長鳴聲中向碧波萬頃的大西洋啟航了。

第八章　乘巨輪去遠行

「校園三劍客」被安排到一間有三個小隔間的船艙裏。船艙的布置不是很豪華，但應該有的設備還是十分齊全。白雪還在為阿力船長的那些話悶悶不樂，張小開也在一旁憤憤不平地說：「真是門縫裏看人——把人都給看扁了！」

楊歌卻說：「其實也不能怪阿力船長。我們這麼年輕，誰會相信我們呢？這樣的情形，我們又不是第一次遇見，就不要在意了吧。」

三個人拋開這些不快，將行李放好之後，便開始在考察船上逛了起來。輪船上的機器、設備他們都要看一看，摸一摸。他們還跑到甲板上看風景，那裏的海風吹得他們興奮異常。眼前的一切對他們來說都十分新鮮和有趣。

船上的人，除了總是回避着他們的船長，都很喜歡「校園三劍客」。他們不把三個孩子當所謂的「專家」

來看，卻更樂意把「校園三劍客」當作普通的中學生看待。因為他們是船上年紀最小的人，大家又對他們格外照顧。再加上張小開是天下第一能鬧的人，沒兩天，三個人便和船上上上下下的人打成了一片。只有那個阿力船長，對他們仍然是不聞不問、不理不睬的樣子，三個人也習以為常了。

船上的人告訴他們，阿力船長其實是一個很了不起的人，他從海軍學校畢業後就一直在軍隊裏。他不僅熟諳海戰，也曾經多次帶領船隊探險考察。說到大海，世界上也許沒有比他更熟悉、更了解大海的人了。船上幾乎所有的人都很佩服阿力船長。

考察船行到公海的時候，周圍的景色便和近海很不一樣了：根本看不到什麼陸地，世界彷彿只有無邊無際的水。海水也變得出奇的藍，那是近海的海水所不可能出現的顏色。

再往海洋深處行進的時候，「校園三劍客」還看見了很多難得有機會見到的海洋生物。他們能經常看見鯊魚，每當鯊魚在海裏捕捉獵物時，飛魚們便會在水面上一羣一羣地亂飛，有的蹦得老高，狠狠地撞在船身上然

後又被彈下去。遇到風浪的時候，輪船下沉一些以減輕海浪的顛簸，這些飛魚有的便落到了甲板上，不停地跳着。

晚上的大海非常漂亮，可以看見磷光。如果通過靠近水面的視窗觀看，有的時候可以看見船的旁邊出現一條光帶，原來那是一條大魚從旁邊掠過，在輪船經過所引起的波浪裏嬉戲時產生的一道道閃光，宛如閃電在海面下劃過。更有意思的是，有一次張小開幫助船員從漁網裏撿出從海上打撈上來的魚，當他回到昏暗的船艙裏時，他發現他的手竟然在散發着鬼火一樣的光芒。張小開嚇得蹦來蹦去，白雪告訴他，那其實是因為他的手上沾滿了海裏的浮游生物。那些生物的體內含有豐富的礦物磷，在黑暗的地方便會發光。

一天早晨，楊歌站在船尾的甲板上指着海面對張小開和白雪説：「你們有沒有發現有幾條鯊魚一直在跟蹤我們？」

張小開問：「鯊魚我是看見了，可你怎麼能看出牠們是在跟蹤我們呢？」

楊歌解釋説：「我已經觀察好幾天了。我發現船後

總是跟着幾條鯊魚，我懷疑是同樣的幾條。」

張小開聽了恍然大悟似的點了點頭。

白雪笑道：

「你說得對，如果沒弄錯的話，那肯定是同樣的幾條鯊魚。」

另外兩個人都睜大了眼睛聽她繼續說下去。

「不過這只是很正常的自然現象而已。因為那些鯊魚其實是在追趕考察船旁邊的魚羣。你們知道這些魚羣又為什麼跟着考察船嗎？」

楊歌和張小開都搖頭。

「科學家們有兩種解釋，第一種是說在水下的船體表面上寄生着很多更小的海洋生物，魚羣要以牠們為食；第二種呢，是說魚羣把船當作是固定不動的物體，所以不管船以什麼樣的速度前進，魚羣總是以同樣的速度跟上。」

張小開說：「嘿，這魚還真是傻呀！不過，白雪，沒想到你懂得這麼多。」

白雪不無驕傲地說：「我只是對生物比較感興趣，順便請教了船上的生物學家，他們教給了我很多關於海

洋生物和航海的知識。」

　　楊歌和張小開都很佩服白雪，可是心裏又不服輸，他們後來便也常常去找船上的人問這問那。考察船上有一位印度生物學家，頭髮已經花白了，七十多歲，可能是船上年紀最大的人了吧，大家都叫他巴拉米先生。「校園三劍客」很喜歡到他那裏，巴拉米先生也總是很熱情地招待他們。

　　巴拉米先生每天都用玻璃燒杯從海裏取一些水，然後拿回他的實驗室觀察、化驗。他們問巴拉米先生這是做什麼，巴拉米先生告訴他們說，這是在測量海水裏各種金屬和礦物質的濃度，這些對海洋生物的生存和生活很重要。

　　「可是這和航海、尋找亞特蘭蒂斯大陸有什麼關係嗎？」

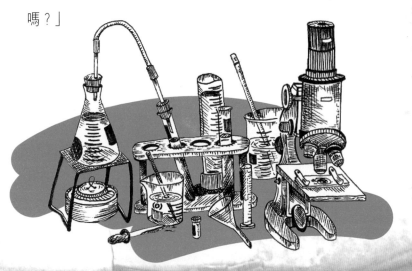

「當然有關係，」巴拉米先生一邊做着自己的實驗，一邊跟他們説話，「舉例説，當古代航海的人們沒有先進的導航設備，有時候在茫茫大海裏迷失方向的情況下，他們就會把海鳥作為航標，跟着海鳥飛行的路線航行，一旦海鳥的種類發生了變化，就知道船已經靠近陸地了。魚羣也同樣可以給我們提供類似的線索，如果發現浮游生物和魚羣的數量增多，那也證明離陸地不遠了。」

「可是，」張小開不解地問，「現在我們高科技的設備多了，根本用不到這些了吧？」

「不，不，不，」巴拉米先生拍着張小開的肩膀説，「孩子們，科學技術歸根結底不過是人類用來了解自然、接近自然、保護自然的工具。要知道，我們最終是要靠這個大自然生存的，千萬要明白，技術並不是萬能的。」

三個人都點了點頭。

考察船就這樣不緊不慢地航行了十幾天，起初的時候還可以看見一些巡邏的軍艦，越到後來，越是什麼都看不見了，除了一望無際的大海，連一座小島都沒有。

第九章　暴風雨之夜

「辛巴德號」考察船就這樣一路順利卻也沒有任何進展地航行着。楊歌他們三個人在這種環境的熏陶下也儼然像經驗豐富的水手。他們漸漸能夠察覺出水面細微的變化和大小不等、形狀不一的海浪，他們開始熟悉日夜伴隨着考察船的海鳥的各種隊形，知道牠們飛行的規律，當賊鷗剛一加入他們熟悉的海鷗羣時，他們一眼就能發現新來的海鳥。

有一天傍晚，三個人正興致勃勃地站在甲板上看海，白雪忽然指着前方對他們説：

「你們看，那是什麼？」

張小開和楊歌循聲望去，原來海裏有着一隻灰色的，好像很肥胖的動物。

張小開説：「好像是海象吧。」

「不是，」白雪毫不猶豫地説，「牠沒有海象那樣的牙。」

白雪覺得很奇怪，因為她一直認為自己對生物雖說不上瞭如指掌，可是也很少遇到她不知道的生物，然而，眼前這隻動物她卻能很肯定地說沒有見過，也叫不出牠的名字。白雪忽然想到也在甲板上的巴拉米先生，她大聲地把他叫過來。

　　「巴拉米先生，你看那裏。」

　　巴拉米先生也看到了那隻動物，牠在船的前方游了一會兒，然後就沉入海底不見了。巴拉米先生沒有說什麼，只是托着下巴在那裏思考。

　　「巴拉米先生，那究竟是什麼呀？我從來沒有見過這樣的動物。」白雪着急地問。

　　巴拉米先生沉思了一會兒才說：「這種動物我也沒有見過，但是，如果根據牠的長相和動作來推斷，牠也許就是儒艮。」

　　「牠就是儒艮啊？」張小開叫了起來。他原來在書上看到過儒艮，那天在拉塔市海灘上大家說發現美人魚時，他堅持說肯定是儒艮，並自以為是天下第一了解儒艮的人。可現在，當真正的儒艮出現在他面前時，他卻認不出來了。看來，書上寫的是一回事，真正看到的又

是一回事。

巴拉米接着説：

「儒艮也像海象一樣是一種生長在海洋裏的動物，以食海草為生，可是後來因為人類過度捕殺，現在已經屬易危物種了。」

「既然牠們數量那麼少，那怎麼會⋯⋯」

「對呀，所以我也很奇怪，不敢十分肯定。」

大家都覺得很奇怪，楊歌説也許牠還會在附近出現的，不如等等看吧。於是他們仍然站在甲板上四處張望。

張小開索性跑到前艙的崗亭裏，央求借用一下瞭望鏡。站崗的水手笑着説：「那可不行，我還要站崗呢，要是前方有礁石怎麼辦？」

張小開賴着不走，那位水手只好找來一架航海用的望遠鏡給他，説：「這架望遠鏡也不錯，你小心些，不要砸在地上了。」

張小開迫不及待地拿起望遠鏡，其實他也不知道應該朝哪個方向看，只是舉着望遠鏡瞎轉。四周的海面上好像什麼都沒有，倒是天空中的雲海很漂亮，他望見

一側的海面上方有一塊非常美麗的雲彩，不禁大聲地喊道：「哇，好漂亮的雲！」

水手也忍不住順着他看的方向望去，突然，他驚叫起來：「天哪，那是貓掌雲！」

「貓掌雲！」

「是的，貓掌雲一旦出現，就意味着將會有很惡劣的天氣！」

正説着，考察船上的廣播忽然響了起來：「**全船人員請注意，全船人員請注意**，預計三十分鐘以後將有*強烈暴風雨天氣*，船上工作人員請迅速各就各位，做好準備，其他人員立即返回船艙。重複一遍……」

站崗的水手連忙催張小開快點回艙，張小開説他以前只在電影裏看過海上暴風雨，很想看看真正的海上暴風雨是什麼樣子。水手這回可不答應了，堅決地説：「不許鬧了，回去也一樣能看見。」

張小開沒有辦法，只好回去，這時楊歌和白雪都已經回艙了。楊歌問道：「正要找你呢，跑哪裏去了？」

張小開擺擺手説：「沒什麼，我們看海吧，看看暴風雨是怎麼來的。」

於是三個人便趴在窗戶上，一邊看外面水手們忙忙碌碌，一邊說着一些船上的事情。他們誰也沒有注意到，就在這時，張小開戴在胸前的那根項鏈上的水晶墜子閃了三下。

夜幕降臨的時候，海面上變得不安靜了，大浪一陣又一陣地翻湧起來，黑雲沒完沒了地從頭頂上疾馳而過，不一會兒暴雨便傾盆而下，向海面和「辛巴德號」砸去。「校園三劍客」感到輪船在不停地晃來晃去，桌子上的一些小東西開始滑動，掉落在地上。以往遇到風浪的時候，可以適當增加考察船的吃水量，這樣就可以防止船體過度搖擺，更不會翻船。可是今天的風暴似乎太厲害了，正常增加吃水量已經不能保持船身穩定，可是如果再增加吃水量，輪船的有些部件可能會因為經受不起太大的壓力而損壞。更危險的是，因為是在晚上，躲避礁石已經很困難，如果船還往下沉，一旦撞上暗礁，那後果可真是不堪設想。

很快，船體晃動得更加厲害了，艙內根本站不住人，幸好一些大的設備是固定在地面和牆壁上的，還不

至於倒下來。三個人一開始還覺得有歷險的樂趣，這會兒卻不由得緊張起來了。船上的一些設備零件已經因為狂風的肆虐而被損壞了。阿力船長命令船上所有工作人員進入一級準備狀態。為了安全起見，他還命令其他人員不要停留在房間內，統統到最近的安全通道去，穿好救生衣，以防緊急情況發生。

　　阿力船長安慰船上的科學家們説：

　　「請大家不用緊張，危險很快就會過去的。」

　　人們其實都知道情況很危急，但每個人都只是沉默着，不發一言。船上除了暴風驟雨的聲音之外，只有阿力船長用廣播指揮全船的聲音。阿力船長一面指揮工人修理船上損壞的零件，一面命令所有的哨崗和探測器密切注意前方是否有暗礁；同時，他還提醒負責救生器具的部門要時刻準備在意外之時疏散人羣，全船注意保護供電系統和通訊系統……

　　正在阿力船長忙得不可開交的時候，一個船員跑過來報告。他氣喘吁吁地對阿力船長説：「報告船長，那三個小孩子要跳海！」

　　阿力船長大吃一驚，一面匆匆地趕往現場，一面氣

急敗壞地喊道：「胡鬧！簡直是胡鬧！我就知道這三個小傢伙會給我添亂子。真不知道上級發的是哪門子的神經？」

　　阿力船長趕到的時候，正看見幾個船員拉着死命要往船舷上衝的楊歌和白雪。

　　「這裏發生了什麼事？」

　　「阿力船長，我們要去救人！」楊歌搶着說道。

　　「救什麼人？」

　　「報告阿力船長，剛才那個叫張小開的小孩跳海了。」一個水手說道。

　　「跳海，他瘋了？」

　　「剛才我們看到他們三個人從船艙裏出來，走到了甲板上，就過來想勸他們回去。沒想到我還沒有走過去，便看到一直在船舷上看着大海的張小開突然叫了一聲『美人魚』，便像瘋子一樣跳下去了，我們都沒來得及……」

　　此時，暴風雨用它的雨鞭風鞭越來越瘋狂地抽打着「辛巴德號」考察船。考察船像茫茫大海中的一片葉子一樣在驚濤駭浪中飄搖。

「阿力船長，我們現在必須馬上去救張小開，否則……」白雪大聲喊道。

阿力船長生氣地說：「現在船上的情況已經糟到極點了，請你們不要再添麻煩了好不好？」

「阿力船長，我們這不是添麻煩，我們是要救人！」楊歌爭辯道。

阿力船長一把把他拽到船舷邊，透過密集的雨簾，楊歌只看見船下的海水翻湧着滾滾的巨浪，根本沒有張小開的影子。

「你看到了嗎？你們說這樣的話不覺得太幼稚了嗎？你難道想去送死？」

「是的，我們是想送死！」楊歌斬釘截鐵地說道，「因為我們的送死可以換來張小開的一線生機。如果我們不送死，我們只能眼睜睜地看着他死去，我們是一起來的，我們當然不能扔下他不管！」

「沒錯！」白雪說道，「阿力船長，我們沒有別的要求，借我們一艘救生艇可以嗎？救人如救火，張小開是我們的好朋友，我們必須救他。」

阿力船長凝視着眼前這兩個孩子，他突然發現楊

73

歌和白雪都沒有他以前認為的那麼簡單……思考了片刻之後，他對身邊的一位大副說：「你暫時接管我的工作，負責指揮船員抵抗風暴。一定要保證科學家們的安全。」

然後，阿力船長又對楊歌和白雪說：「你們跟我來。」他還一面打開腰間的通話器，命令道：「立即準備一艘救生艇，一號台，快！」

楊歌和白雪隨着阿力船長狂奔到放置救生艇的一號台。三個人一面登上救生艇，一面迅速地穿好救生衣。考察船的自動升降系統把救生艇沿着船體下放到海面上，雨點砸在他們的臉上、身上，像小石頭打的一樣痛。小船落到海面上，立刻隨着波浪翻滾起來，就像一粒扔在沸水裏的瓜子皮，時而跑上浪尖，時而又跌入低谷，稍不留意就會覆沒。

阿力船長囑咐楊歌和白雪坐好，自己奮力划動船槳，盡量保持平衡。楊歌和白雪高舉着救生艇裏的探照燈，大聲地喊着張小開的名字。可是，因為風浪的聲音太大，他們的聲音被風雨的呼嘯聲輕而易舉地吞沒，連他們自己都難以聽清楚。

　　越是危險的時刻，越需要冷靜。在這一刻，楊歌一邊緊緊地抓住小船的船舷，一邊閉上了眼睛，調動起潛伏在身體裏的超能力，用掃描思維波的方式尋找張小開。

　　一分鐘過去了，兩分鐘過去了……五分鐘過去了，白雪和阿力船長的嗓子都喊啞了，仍然見不着張小開的身影。

　　就在白雪和船長幾近絕望之時，楊歌的腦中突然蹦出張小開的思維波：

「救救我……」

　　楊歌迅速地給張小開的位置定位。然後，他睜開了眼睛，指着一個方向說：

　　「在那裏，張小開在船尾附近！」

　　風雨和浪頭如此之大，天又是如此之黑，阿力船長不知道楊歌怎麼能看出張小開就在離他們幾十米的船尾。但現在不是深究為什麼的時候，他只有奮力划着槳，沿着考察船的船體向船尾划去。

　　終於，他們看見了掙扎在船尾附近的張小開，阿力船長發出了一聲興奮的歡呼，更加用力地搖槳划向張小

開。

救生艇終於靠近了張小開，阿力船長讓楊歌和白雪不要亂動，他一面收起槳，一面一隻手向張小開伸去。張小開也在雨幕裏看見了他們。恰好就在這時，一個波浪過來，將他推向救生艇，阿力船長趁機身體前傾，握住了張小開的手。

就在這個時刻，他們忽然看見張小開的身後好像有什麼東西在游動。阿力船長用手拭了一把臉上的水，突然發現，那游動着的，竟是一條活生生的美人魚！

楊歌和白雪也同時看見了那條美人魚，他倆禁不住叫了起來。阿力船長不假思索，一面拉過張小開，一面掏出了手槍⋯⋯

説時遲，那時快，還沒等阿力船長來得及再做任何動作，海面上突然冒出了幾隻巨大的章魚觸角，它們雖然又粗又壯，卻靈活無比，眨眼之間便把小船捲了起來，又翻轉過去。幾個人連發出任何聲音的機會都沒有，便掉進海中，沉入大海，消失得無影無蹤。

第十章　海底世界

窗外的海水異常透明、乾淨，乾淨得好像連半點雜質都沒有。外面的花園裏蕩漾着各種顏色柔和的水草，輕輕地搖擺着。巨大的海藻和珊瑚礁能有好幾米高，一些五彩的各式各樣的小魚在中間穿來穿去，自由悠閒的樣子，就像陸地人家院子裏養的小貓小狗。

這就是楊歌醒來時看見的景色，他發現自己斜斜地坐在一張沙發裏，轉身時發現阿力船長、張小開，還有白雪也在，只是他們仍然處於昏睡狀態。楊歌使勁地回憶着，終於將昏迷之前的事情都想起來了。不過，他跌入海裏以後的事情可是一點兒也記不起來：好像從船翻入大海那一刻到現在根本就沒有發生過什麼事情似的。楊歌只好走到阿力船長幾個跟前，一個一個地把他們推醒。可是他們醒來後，和楊歌並沒有什麼兩樣——沒有一個人知道他們是怎麼到這裏來的。

他們發現自己呆在一個不是很華麗，但布置得非常

乾淨、用珊瑚礁做成的小房間裏。他們坐着的沙發是乳白色的，形狀就像巨大的貝殼。地毯也是雪白的，摸起來光滑柔軟。他們的前方是一張半透明的，但不知道是什麼材料做成的茶几，上面擺放着一束非常漂亮但是從未見過的鮮花。屋子的角落裏還種着好幾株花木，高高的有點兒像向日葵，奇怪的是它們並不是養在花盆裏，卻好像就是從地毯裏長出來的一樣。

最奇怪的事情是，他們很快就發現他們居然是在水裏！

他們明明就是在水裏，手在「空中」擺動的時候，手掌能夠感覺到很明顯的阻力，一種液體從指縫中經過，那同樣是水的感覺。可是這裏的水實在是太純淨、太純淨，看不見有什麼雜質，就像空氣一樣！

四個人都沒有人戴氧氣面罩或者其他的潛水工具，可是沒有一個人感到哪怕是一點點的窒息，大家都沒有異樣的感覺，很正常，就像是在清新的空氣中一樣。

張小開忍不住大口大口地吸氣，可是他並沒有嗆水的感覺——和在空氣中一樣，什麼感覺都沒有。四人面面相覷，驚異萬分，互相問着：

「這是什麼地方？」

「我們是怎麼到這裏來的？」

……

「難道我們也變成了人魚？」

正説着「人魚」的時候，他們看見了一條真正的人魚。她就在窗戶的外面，沿着窗戶往前走，然後推開房間的門走了進來。或許她的那種動作不能叫「走」：她的尾巴輕輕地擺動着，其他地方一動也不動，就這麼過來過去，好像幽靈一樣——但是也不能説是「游」或者「移動」，姑且説是「走」吧。

那是一個美麗的少女，她的皮膚好像是乳白色半透明的樣子，隱隱有着珍珠般柔和的光澤。她的眼睛很大很亮，寶藍色的，就像深海的海水一樣美麗又讓人捉摸不透。她又長又密的頭髮遮住了整個身體，反射着讓人不可思議的五顏六色的熒光，就像天空中的彩虹。

「是她呀！」大家正仔細端詳這個美麗的人魚的時候，張小開突然説。

「你認識她？」阿力船長奇怪地問道。

「楊歌、白雪，她不就是那天我們在海灘上救的美

79

人魚嗎？」張小開猶豫了一下，撓撓頭又說，「不過，要是每一個人魚都長得一模一樣的話，我就不敢肯定了。」

大家還沒反應過來，進來的人魚卻「噗哧」一聲笑了。她走過來，遞給每人一個黃豆那麼大，跟耳機似的東西，示意他們塞進耳朵裏。當大家都把那東西塞進耳朵裏時，她微笑着說：「沒錯，我就是你們所救的人魚。」

張小開好像遇見熟人似的，指着美人魚說：「原來你也會說我們的話啊，你有名字嗎？」

美人魚笑着說：「對了，忘了介紹我自己了，我叫阿呀。我並不會說你們陸地人的語言。我們之所以能夠交流，是因為你們戴上了翻譯器，它和你們的思維相聯通，可以把陌生的語言翻譯成你們的母語⋯⋯」

「翻譯器？」張小開好奇地說。

他摘下耳朵裏的翻譯器，這時，美人魚的話聽起來就是一些好聽的，但和陸地上任何語言都不一樣的音符。張小開不禁暗暗佩服美人魚世界裏技術的先進。當張小開把翻譯器重新戴上時，他聽見美人魚說：

「……陸地上的朋友們，可以告訴我你們的名字嗎？」

「我叫張小開，這是阿力船長、楊歌和白雪，」張小開把大家的話都搶着説了。他接着又問，「你的名字好奇怪，誰給你起的呀？」

還沒等阿呀説什麼，阿力船長便打斷了他們倆的談話，説道：「對不起，你能告訴我們整件事情的經過嗎？」

阿呀沒有馬上回答，她走到窗戶旁邊，低着頭沉思了一會兒，才説：「沒錯，是我把你們帶到這裏來的，還是從頭説起吧。」阿呀走到阿力船長跟前説，「當暴風雨到來時，我收到了張小開發給我的**強烈的危險信息**……」

「等一等，我不記得我發過什麼危險信息。再説，就是我想給你發信息，也不知道你的聯繫方式啊！」張小開打斷了阿呀的話，問道。

「不，你發了，是通過項鏈的水晶墜子發的，」阿呀指着張小開胸前的水晶墜子説，「那個水晶墜子其實是一個腦電波接收發送器。我們每人都有一個，平時

我們都把它戴在身上，遇到危險時，它就會接收我們腦中對危險產生反應的思維波，並把它發射給同伴，這樣，就可以在危險來臨時互相救助了。那天我被陸地人抓起來的時候，我的同伴們就是通過它知道我遇到了危險，前來救我的。後來，我把它送給了你。當暴風雨來臨時，你的潛意識裏產生了對暴風雨的恐懼，這種恐懼被水晶石接收，又發給了我。於是，我就領着同伴們來了。當我們趕到時，我們發現你們的船觸上了暗礁，船底被礁石撞了一個很大的洞……」

阿力船長驚訝地説：「怎麼可能？我們也很怕撞上礁石，所以一直嚴密監視着，可是並沒有發現什麼異常呀！」

阿呀笑着説：「您當然不知道了，因為我們發現後，很快替你們補好了那個洞口。」

阿力船長更加驚訝地看着阿呀，張小開恍然大悟地説：「哦，原來你是在那裏補船呀！我在船上看見了你，以為你遇到了什麼危險，所以就不管不顧地跳下去了。」説到這裏，張小開也為自己的冒失不好意思地笑了。

　　白雪聽張小開這麼一説，也恍然大悟，説道：「原來是這樣，你看見了她，所以就跳下去了。你怎麼像個大傻子似的，你知道這樣做有多危險嗎？你知不知道我和楊歌當時有多擔心，你做什麼事情怎麼也不想一想！真是……」白雪越説越氣，張小開連忙道歉，説着對不起。

　　阿呀看着張小開，繼續説：「我們怕你出什麼危險，所以一直在海中托着你，等着他們來救你。」

　　「哦，原來是你們在水裏托着我呀！我還一直納悶自己本來不會游泳的，怎麼就沒有沉到水裏去呢？哦，我不該打斷你的，請繼續説吧。」

　　「我們本來不想讓你們看見，可是你們還是發現了，先是張小開，後來又是你們幾位，更糟糕的是，阿力船長當時還掏出了槍……」

　　「對不起，我當時已經沒有別的反應了。」

　　「沒什麼，我們也很理解，可是保護我的章魚並不是高智慧的動物，牠一看見武器便條件反射地對你們發起了攻擊，把你們捲入了海底，然後我就把你們都帶了回來。」

「這是什麼地方？」楊歌問道，「我們明明是在水裏，為什麼可以像在陸地上一樣自由地呼吸呢？你能給我們解釋一下嗎？」

阿呀聞言歎了口氣，神情變得嚴肅起來。她説：「在你們昏迷的時候，我對你們進行了一項小手術——在你們的咽喉裏裝了人工鰓，所以你們在水裏一樣可以自由呼吸。至於第一個問題，既然我把你們帶到這裏，就已經準備好回答你們了……我不能再回避了。這裏，就是沉沒的亞特蘭蒂斯大陸！」

「亞特蘭蒂斯大陸？」

所有的人都驚呆了，真是踏破鐵鞋無覓處，得來全不費工夫！這麼多人準備了好幾年，辛辛苦苦地航行了二十天，正一籌莫展的時候，居然在不經意之間已經站在這片令全世界人猜測、探究、尋找的大陸上！他們懷疑自己是在做夢，懷疑這一切是不是真的。可是，這裏的一切太神奇了，他們不得不相信阿呀的話——她沒有理由説謊。

「這裏就是亞特蘭蒂斯大陸，究竟是怎麼回事？」

「説來話長，這裏發生了很多事情。你們先在這裏

住上一段時間，我再慢慢地告訴你們。」

張小開突然想起了一件事情，問阿呀說：「對了，上回我們把你帶到海灘上，被士兵們圍住的時候，那些士兵為什麼會突然失去了神智，後來甚至把行動的目的都忘了呢？是因為你們的音樂有魔力嗎？」

「這對於我們來說是一件很容易的事情，」阿呀回答說，「你們所聽到的音樂可不是平常的音樂。那種音樂的振動頻率會在空氣中產生特殊的磁場，然後又會引起電磁波，對聽見音樂的人進行催眠，之後可以刺激被催眠者的大腦神經，將一部分儲存的記憶抹去，這樣，人們就失去了記憶。它實際上是一種洗腦波。不過，洗腦波的效果只有四十八小時，四十八小時之後，人們忘記了的事情還會重新回憶起來的。」

張小開聽著阿呀的話，驚訝得張大了嘴巴。好半天，他才說道：「這一切真是太神奇了，阿呀姐姐，你們一定有著非常先進的文明。你可以帶我們去參觀你們的文明嗎？」

阿呀點點頭，柔柔地說：「可以，當然可以啊。」

楊歌、白雪和阿力船長聽阿呀這麼一說，臉上也洋

溢着興奮的神情。

　　阿呀領着大家走出了珊瑚房子，又叫來了自己的保鏢——那條將小救生船打翻的巨型章魚。巨型章魚在阿呀身邊溫順地晃動着巨大的觸角。張小開和白雪都覺得巨型章魚十分可愛，忍不住在牠身上撫摸起來，巨型章魚也很通人性，嘴巴一張一翕的，和張小開、白雪嬉戲。阿呀叫楊歌、張小開、白雪和阿力船長騎上巨型章魚。巨型章魚在阿呀的指揮下，背着幾個人在海底飛快地游動了起來。

　　就這樣，宏偉的亞特蘭蒂斯文明像一幅畫卷一般，在他們眼前徐徐展開。

第十一章　會飛的巨型章魚

張小開騎在巨型章魚身上，覺得很好玩，雙手忍不住揮舞了起來，嘴裏還不時地發出歡呼聲。巨型章魚游着游着，突然彷彿穿越了一座無形的屏障：所有的水全部消失了，他們置身於空氣中，在離海底有一百多米的上空飛行着。張小開奇怪極了，問道：「阿呀姐姐，這裏的水怎麼全都沒有了？」

坐在巨型章魚最前面的阿呀微笑着説：「這是因為有一層磁力保護殼阻擋了海水的侵入。」

　　楊歌突然想到一個問題，便問道：「既然這裏已經沒有水了，巨型章魚怎麼還會像熱氣球一樣懸浮着呢？難道牠會飛嗎？」

　　張小開接過話，不假思索地説：「對，對，這條章魚一定會飛，牠身上一定長着很多的小翅膀，只不過我們沒有發現罷了。」

　　阿力船長聽張小開這麼一説，忍不住笑了起來，説：「張小開啊，你真是糊塗，章魚怎麼可能長翅膀呢？我想這條章魚一定是像熱氣球一樣，裏面是空的，牠能在空氣中浮起來，這説明牠的肚子一定是真空的。」

　　阿呀這時回過頭來笑着説：「你們的想像力還挺豐富的，雖然答案錯了，但想法倒挺有趣。」

　　接着，阿呀又把目光對準了阿力船長，微笑着説：「你雖然是大人，説話竟然天真得像個孩子一樣。」

　　阿力船長聽阿呀這麼説他，臉一下子就紅了，不停地用手撓着頭皮，不好意思地説：「我也只是隨便説説，逗孩子們開心嘛！對呀，魚肚子裏面怎麼可能是真

空的呢，就算是，也不會太大呀……」

阿力船長説到這兒，覺得自己好像又説錯了什麼，趕緊閉上了嘴巴。阿呀看着阿力船長的狼狽相，又忍不住笑了起來。阿呀本來就長得清秀美麗，笑的時候更顯嬌媚，阿力船長看得有點兒入迷，心中泛起一絲絲的醉意。楊歌、張小開和白雪看着阿力船長傻乎乎的樣子，都覺得平時總是板着臉孔、一臉嚴肅的船長有點兒可愛起來了。

阿呀開始言歸正傳了，用眼神掃視了一下楊歌、張小開、白雪和阿力船長四人，緩緩地説：「巨型章魚之所以會在空氣中游動，是因為在亞特蘭蒂斯的中心，有一台強大的磁場系統裝置，它具有3D定位的功能。巨型章魚身上裝有磁波接收器和腦電波發送器，當巨型章魚想要移動到某一個位置時，腦電波發送器就會以電磁波的形式向磁場系統發出指示，磁場系統收到這個指示以後，就會向巨型章魚身上的磁波接收器發出磁力波，從而把巨型章魚吸到牠想要去的地方。表面上看起來，巨型章魚是依靠自己的力量在空氣裏自由自在地游來游去，其實牠是借助了磁場引力，所以才顯得那麼瀟灑自

如。」

「哦！我明白了！」張小開聽了阿呀的說明，顯得很興奮，忍不住說道，「要是在我身上裝上磁波接受器和腦電波發送器，我也就可以和巨型章魚一樣，想飛到哪兒就能飛到哪兒了。」

楊歌、白雪和阿力船長也被這奇異的磁場裝置深深地吸引住了。阿力船長忍不住感歎道：「看來，亞特蘭蒂斯文明比我們陸地人的文明先進得多。現在我真的有點兒覺得陸地人的汽車、飛機是多餘的，而且還帶來了污染。」

就在阿力船長說話的時候，白雪突然叫了起來：「你們看！」

楊歌等人順着白雪手指的方向望去，看到了非常奇妙的景象：許多亞特蘭蒂斯人像巨型章魚一樣，搖擺着尾巴，在空中自由地飛來飛去。阿呀見眾人對這個現象很感興趣，便接着解釋說：「是的，我們亞特蘭蒂斯人身上，也裝配了相應的發送器和接收器，所以可以在亞特蘭蒂斯的空間裏自由移動。我們亞特蘭蒂斯人早就不使用飛機、汽車、輪船之類的交通工具了。正如阿力船

長剛才説的那樣，這些交通工具會造成污染。」

　　阿力船長見阿呀説到自己，心裏有點兒高興，又有點兒害羞，臉一下紅了起來，不知道説什麼好。

　　巨型章魚馱着幾個人向亞特蘭蒂斯的中心游去。阿呀繼續向楊歌等人講解亞特蘭蒂斯文明，她興致勃勃地説：「亞特蘭蒂斯磁場的作用可大了，我們亞特蘭蒂斯人還可以用它來傳遞信息。每個亞特蘭蒂斯人的大腦裏都有一個生物芯片。通過磁場裏的電磁波，芯片可以收發信息。這樣，我們每個人都可以隨時隨地通過芯片和任何一個人溝通。」

　　聽了阿呀的話，張小開忍不住歎道：「唉，這樣看來，我們人類的電話和手提電話真是很落後的東西，還有那互聯網絡，好像也沒有亞特蘭蒂斯的芯片和磁場方便呀。」

　　阿呀看着張小開一臉沮喪的樣子，覺得有點兒滑稽，便笑了笑，搖搖頭説：「其實每種事物都有自己的特點，有自己獨特的價值。」

　　楊歌聽着阿呀的話，覺得很有道理。楊歌突然又想起了什麼問題，便問阿呀：「你説的生物芯片是怎麼被

移入大腦中的？」

　　阿呀緩緩地說：「亞特蘭蒂斯人擁有極高的生物技術。我們已經造出了具有人腦功能的神經網絡芯片。而且，我們通過基因技術把這種芯片的DNA密碼構圖植入到我們的遺傳基因裏。所以，我們亞特蘭蒂斯人一生下來，大腦中就長着生物芯片，這芯片是我們身體的一部分。」

　　張小開這下徹底服了亞特蘭蒂斯人的文明，他小心翼翼地對阿呀說：「聽說基因技術可以使人活到一千多歲，亞特蘭蒂斯人可以活一千歲嗎？」

　　聽着張小開的話，阿呀也樂了，笑呵呵地說：「我們很早以前就發現了人類的長壽秘訣。現在，對我們亞特蘭蒂斯人來說，活多久都不成問題，這就是生物技術的成果。」

　　阿力船長見阿呀美麗的臉上總是掛着甜甜的笑容，心中不免有點兒動情了。他突然傻傻地問阿呀：「你們亞特蘭蒂斯人的壽命這麼長，你們不會覺得很無聊嗎？還有啊，你們的技術水平這麼高，一旦爆發戰爭，恐怕整個亞特蘭蒂斯都會被毀掉。」

　　阿呀聽見阿力船長說到戰爭，臉上掠過些許悲傷。她不再笑了，幽幽地對阿力船長說：「我知道你的意思，你們人類的核武器可以毀滅整個地球。但是……但是……我們亞特蘭蒂斯人，早就不再把自己擁有的技術用於戰爭了。我們亞特蘭蒂斯人也不會因為自己活得太長久而感到無聊，因為在亞特蘭蒂斯，到處都充滿了愛。因為有了愛，每個亞特蘭蒂斯人都覺得很充實、很幸福。」

　　楊歌和其他的人都隱約感覺到，阿力船長的話似乎勾起了阿呀內心深處的悲傷回憶。阿力船長抓了抓頭，不好再說什麼了。

　　巨型章魚載著大家來到一片山林的上空。他們看見山林裏有許多以前從未見過的動物：猛獁象、劍齒虎及許多形狀奇特的動物。白雪看到了那些奇怪的動物，問道：「這裏的動物都是陸地上已經滅絕了的呀！牠們是不是亞特蘭蒂斯人用基因技術合成出來的？」

　　阿呀搖了搖頭，說：「不是的。很久以前，當亞特蘭蒂斯還在海面以上的時候，亞特蘭蒂斯人就十分注意保護那些瀕臨滅絕的動物。當每一種動物面臨滅絕時，

我們亞特蘭蒂斯人都會盡力地去保護牠們，挽救牠們。這片山林是我們亞特蘭蒂斯人為牠們營造的樂園。」

阿力船長被亞特蘭蒂斯人的善良打動了，動情地說：「亞特蘭蒂斯真是一塊淨土，簡直是世外桃源。」

楊歌似乎又發現了什麼問題，便問阿呀：「亞特蘭蒂斯藏在海底這麼久了，為什麼我們人類一直都沒有發現它呢？」

「這也是因為亞特蘭蒂斯有一層磁力保護殼。」阿呀答道，「磁力保護殼除了可以隔絕海水外，還具有兩個作用：一方面，它具有隱形作用，使保護殼外面的人看不見殼裏面的景象；另一方面，磁力殼也可以對付人類的聲納系統，這又使人類的探測系統無法察覺到亞特蘭蒂斯。」

眾人頓時恍然大悟：難怪人類費盡了心機都找不到亞特蘭蒂斯，原來是因為亞特蘭蒂斯人具有比陸地人高得多的技術啊。看來，如果不是因為偶然，陸地人要發現亞特蘭蒂斯恐怕要再過幾百年甚至上千年，直到陸地人的技術和海底人的技術一樣先進為止。

巨型章魚繼續向前游動，眾人隨着巨型章魚來到一

片廢墟的上空。這片廢墟破落寂寥得像一片墳場，與剛才他們所見的亞特蘭蒂斯的美好圖景成一強烈對比。張小開見了廢墟，露出一副不可思議的樣子，對阿呀說：「這個地方這麼破，又這麼髒，是不是你們亞特蘭蒂斯人的垃圾場？」

阿呀沒說話，臉上掠過一絲**憂鬱**和**傷感**。楊歌看着廢墟，感覺它好像是戰爭留下的遺跡。楊歌甚至感覺到：**這座廢墟中隱藏着亞特蘭蒂斯人最痛苦的記憶**，以至於每一位亞特蘭蒂斯人都不願在內心世界裏去接觸它。隱隱的，楊歌彷彿聽見了徘徊於廢墟間的亡靈如泣如訴的歌聲。

就在這時，白雪突然驚呼了起來：「快看！」

原來，在他們上空，亞特蘭蒂斯磁力保護殼外面的海水裏，有一條黑色的、巨大的鯊魚正在追逐一個穿着潛水服的人。那條鯊魚像閃電一樣游得飛快。周圍的大小魚兒們都驚惶失措地奔跑。那個人更是拚命地往前游，可是他已經體力不足了，速度越來越慢。鯊魚離他越來越近，張開了滿是尖利牙齒的血盆大口，那人眼看就要成為鯊魚的口中之食了。

第十二章　偉大的文明

「**校**圍三劍客」和阿力船長看着這驚險的場面，都有些不知所措。阿呀卻不慌不忙，輕輕地彈了一下手指，立刻，她手上的戒指射出一道白光，打開了無形的磁力殼。巨型章魚似乎懂得阿呀的心思，不等阿呀吩咐，就鑽出了磁力殼，朝着大鯊魚快速地游去。就在大鯊魚的血盆大口要咬到潛水人的時候，巨型章魚的口中噴出了許多墨汁。大鯊魚被墨汁包圍住了，一下子什麼都看不見，什麼都嗅不到。大鯊魚失去了方向，在海水裏不停地打轉。巨型章魚乘機游到穿着潛水服的人旁邊，用一隻觸角將穿潛水服的人捲了起來，放到了自己的背上，然後快速游回到了亞特蘭蒂斯的磁力殼內。

穿潛水服的人已經嚇得半死，再加上剛才逃跑時幾乎耗盡了身上所有的力氣，因此趴在巨型章魚的背上一動不動。阿呀用關切的眼神看着他，並小心翼翼地摘下了他的頭盔。那人卻不敢抬頭，用手死死地捂着臉。張

小開突然認出了那人，憤憤地説道：「原來是那個壞博士！」

阿力船長有點不解，問張小開：「什麼博士？怎麼，你認識他嗎？」

懷特博士見隱瞞不住了，便把手放了開來，大聲説道：「沒錯，就是我。現在我是菜板上的肉，你們是切肉的刀，要殺要宰由你們！」

阿力船長不知道博士為什麼如此衝動，追問了一句怎麼回事。張小開便把那天懷特博士抓了阿呀，並千方百計阻止他和楊歌、白雪三人救阿呀的事情告訴了船長。阿力船長也有點兒憤憤不平了，對阿呀説：「這個人以前害過你，你還救他嗎？説不定留着他會是個禍根。」

阿呀搖搖頭説：「善良的亞特蘭蒂斯人是從來不記仇的。懷特博士，只要你不介意，我希望我們能夠成為朋友。」

懷特博士聽不懂阿呀的話，直愣愣地看着阿呀，沒有反應。阿呀這才想起他沒有翻譯器，就從袖口裏取出一個小翻譯器，遞給了懷特博士，讓他戴在耳中。然

後，阿呀把剛才的話又説了一遍。

懷特博士似乎並不特別領情，他抬着頭，望着頭頂磁力殼外潺潺流動的海水和各種游動的魚兒，一言不發。看着他那副無賴的樣子，「校園三劍客」和阿力船長恨不得把他一腳從章魚背上踹下去。

但阿呀卻完全沒有介意，她望着博士身體虛弱的樣子，眼裏面甚至充滿了悲憫的神情。楊歌知道阿呀動了惻隱之心，心中不禁升起了一股對阿呀的崇敬之情：阿呀真是太仁慈、太厚道了，對自己的仇人居然還懷着仁愛。不過，楊歌又隱約感到阿力船長的話沒錯，懷特博士很可能真的會給亞特蘭蒂斯帶來很大的麻煩。

突然，楊歌的眉皺了起來，他又想到一個問題：

懷特博士怎麼也會來到亞特蘭蒂斯附近呢？

這只是一個巧合嗎？

在這背後會不會藏着一個大陰謀？

巨型章魚帶着眾人進入了一座由白、黑、紅三種色調構成的雄偉的城市。

「看啊，這就是我們亞特蘭蒂斯的首都波賽多尼亞，」阿呀頗為興奮地説，「白、黑、紅三種顏色是整

個亞特蘭蒂斯國共同的特徵。」

　　「校園三劍客」、阿力船長和懷特博士也用驚奇的目光打量着眼前的城市。他們看到，這座城市位於一座海底火山附近，它的建築基本上都是用白、黑、紅三種顏色的巨石壘成，美麗壯觀。波賽多尼亞城的建築一層層由低到高向中心呈同心圓狀排列。在同心圓的中央，是一個開滿了鮮花的花壇和一座很高的紀念碑。波賽多尼亞城的四周，建有雙層環狀陸地和三層環狀運河。在兩處環狀陸地上，還有湖泊、冷泉和溫泉。正如陸地人所想像的那樣，亞特蘭蒂斯的首府是一座壯麗的城市，是人類文明史上的一顆璀璨珍珠。

　　當巨型章魚的飛行高度降低一些的時候，那些將古典和現代特色完美地結合在一起的建築便看得更加清楚。這可真是一座萬眾矚目的城市啊，它的建築結合了美與和諧。阿呀向大家介紹哪些建築是住宅，哪些是體育館，哪些是天文館，哪些是公園……她指着一座宏偉的神殿對大家說：

　　「亞特蘭蒂斯人非常重視對古代文化的保護。你們看那座由白、黑、紅石塊構成的巨石神殿，它是青銅器

時代的產物，距今有一萬五千多年的歷史了。它是亞特蘭蒂斯最著名的神殿——亞特蘭蒂斯的守護神波塞冬的壯麗神殿……」

城市越來越近，人們就越來越感覺到亞特蘭蒂斯那種特有的雄渾而美妙的韻律。楊歌曾聽他做建築設計的父親說過，建築是一種凝固的音樂。以前，楊歌不太理解這句話。現在，他突然明白了其中的含義：是的，亞特蘭蒂斯的建築讓人感受到了音樂的韻味，美妙極了。

那些建築鍍金的圓屋頂，由於風力和溫度的不同，會發出和諧的聲音，通常是三個音節。阿呀告訴大家：對於亞特蘭蒂斯來說，「三」是它的重要特徵之一，例如線條會重複三次，建築羣由三組類似的建築組成，三個金字塔組成的塔羣……另外，大家還發現：這座城市每一層的街道都呈對角線分布，從同心圓一角到另一角，非常具有幾何學的美感。

當章魚落到地面上時，大家看到：城市每隔一百多米的地方，就有一尊精美的、充滿想像力的雕塑。對藝術十分在行的阿力船長說，這些雕塑如果擱到陸地上，全是大師級的作品。在所有的雕塑中，出現得最多的是

翅膀的意象。阿呀説在亞特蘭蒂斯的藝術中，那代表了生生不息。另外，城市的壁畫也隨處可見，壁畫中的許多動物是已經絕種的史前動物。

眾人都大開眼界，正如阿力船長所説，這裏的一切都極盡可能地體現了各種藝術的顛峰。

當眾人來到一座高大雄偉的宮殿式建築面前時，阿呀對大家説：「你們第一次到亞特蘭蒂斯來，是我們亞特蘭蒂斯的貴賓。亞特蘭蒂斯王，也就是我的父親，非常歡迎你們。他特地為你們準備了宴席，希望你們能夠出席我們的宴會。」

張小開一聽有飯局，高興壞了，笑着跟阿呀調侃説：「我不只是貴賓，我還是你的救命恩人呢！你可要請我吃兩頓。」

白雪對張小開做了個鬼臉，説：「誰是誰的恩人啊！要不是阿呀，你早就在海裏被魚吃了。」

張小開衝白雪撇了撇嘴。楊歌、阿力船長、阿呀都笑了起來。就在這時，懷特博士突然雙腿一軟，口吐白沫，暈倒在地。

「他怎麼啦？」張小開問道。

「他大概是體力透支太多暈過去了。沒關係，只要好好休息一下，就會好的。」阿呀安慰道。

這時，過來幾個男的人魚，他們將暈倒在地的博士扶了起來，送到宮殿裏一間乾淨的房間中，然後把博士放到一張珊瑚牀上，不一會兒，一個人魚醫生也趕到了。安頓完畢以後，阿呀對楊歌、張小開、白雪和阿力船長等人說：「不要替他擔心，他會康復過來的。」

張小開聽了阿呀的話，朝懷特博士「呸」了一下，說道：「哼，像這樣心術不正的人，鬼才替他擔心呢，這叫惡有惡報。」他一邊說着，一邊第一個走出了房間。

阿呀領着大家進入了亞特蘭蒂斯的宮殿中。

所有的人都被宮殿石柱上、壁上、天花板上的各種壁畫所吸引。那些壁畫金碧輝煌，絕不比陸地上文藝復興時代的作品差。壁畫的主題涉及亞特蘭蒂斯人衣食住行的各個方面，另外，也有表現科學與神話內容的：有的畫面顯示人或類人生物正在進行心臟手術；有的畫面表現亞特蘭蒂斯人用望遠鏡遙望星空；有的畫面是他們

坐在一些大穿山甲的背上四處遊逛；有的畫面是一些人或類人生物乘坐一些古怪的飛行器遨遊太空；此外，還有一些人正在獵殺恐龍的畫面……阿呀説這個宮殿已有二萬多年的歷史，那些壁畫，是亞特蘭蒂斯各個時代的畫家的作品。

大家來到了宴會大廳。宴會大廳布置得富麗堂皇。大廳的天花板上繪的是整個亞特蘭蒂斯大陸的地形圖。天花板的正中央，懸掛着一顆又圓又大的夜明珠，它們發出明亮而美麗的光芒，把大廳照得宛如白晝；顏色五彩繽紛的海底植物，緩緩擺動着修長的枝葉，搖曳生姿；酒紅色的海星和雪白的貝殼，互相夾雜着，在細軟的海沙上排成美麗的幾何圖形。

「歡迎你們，我尊貴的客人！」

在大廳的正前方，一位坐在銀色珊瑚雕成的寶座上的老者站了起來。他是一個相貌威嚴的老人，頭上戴着金色的皇冠，頭髮和鬍子花白，但身體像運動員一樣健壯。他的眼睛深邃有神，閃着智慧的光芒。「校園三劍客」看到他的第一眼，心中便產生了一個同感：覺得他像希臘神話裏的眾神之王宙斯。他，就是阿呀的父親

——亞特蘭蒂斯王。當阿呀向亞特蘭蒂斯王介紹說楊歌、張小開、白雪就是她的救命恩人時，亞特蘭蒂斯王感到很驚訝，緊握着「校園三劍客」的手說：

「真是想不到，救我女兒的竟然是三個孩子，果然是英雄出少年啊！感謝你們救了我的小阿呀！」

豐盛的晚宴開始了。

張小開被面前堆積如山的水果吸引了，他隨手拿起一個形狀有點像菠蘿的水果仔細看着。它有着菠蘿的外形，可是表皮細膩潤滑，顏色還是深紫色的，在它的頂部有一道亮銀色的邊。張小開用鼻子使勁地聞了聞，聞起來的味道有點像梅子，酸甜酸甜的。他脫口問道：

「這是什麼水果？我怎麼沒見過？」

看着他傻傻的樣子，阿呀「嘻」一聲笑了，說道：

「快吃吧！這是梅蘿果，亞特蘭蒂斯的特產，你當然沒見過了！可好吃的！」

接着她又神秘地朝張小開眨眨眼，笑嘻嘻地說：「這可是一種能變魔術的水果呀！」

張小開聞言半信半疑，輕輕咬了梅蘿果一口。果子

一入口，就好像融化在嘴裏一樣，就像是冰淇淋，涼涼的、軟軟的，還有點兒起氣泡的感覺，他樂得瞇起了眼睛，連聲讚歎着：

「嗯，真好吃！」

一邊說，一邊又是一大口。他大口大口地吃着，直到肚子滾圓，再也裝不下，才滿意地睜開了眼睛。然而，就在這時，他驚訝地喊道：

「啊！怎麼回事？」

原來，他手裏還拿着一個完整的梅蘿果，彷彿一口都沒有吃過。他心想，自己剛才吃的是什麼？空氣？水？不可能呀，他下意識地摸了摸嘴角，明明還掛着梅蘿果那黏稠甜美的汁液呀！最後，阿呀解開了張小開的疑惑，她說：

「梅蘿果最神奇的地方就是，在它被摘下來的半個小時裏，它被吃一口就會重新長出一口，就這樣，現在還是一個完整的果子，不過只能維持半小時。你們看，半小時的時間到了，它要融化了！」

阿呀的話音剛落，張小開手中的梅蘿果像融化的冰山一樣，緩緩地攤開，轉眼變成了一汪紫色的液體。張

小開看呆了！

　　一邊的阿力船長顯然對盤子裏的魚很感興趣。他接連吃了好幾塊，發現那魚連根刺都沒有。阿力船長便問道：「這些魚味道好鮮美！牠們都是些什麼魚啊？」

　　亞特蘭蒂斯王聽他這樣問，呵呵地笑起來了，說：

　　「我們亞特蘭蒂斯人長着魚的身體，怎麼會吃魚肉呢！其實，我們亞特蘭蒂斯人是從不輕易殺害動物的，這些食物是我們用生物技術合成出來的。」

　　張小開一邊狂吃，一邊搖頭歎氣說：

　　「唉，真是服了你們亞特蘭蒂斯人，什麼東西都能造出來。」

　　大家盡情地品嘗着宴席上的美味佳餚，只有楊歌心神不寧。他回憶着剛才懷特博士暈倒的情形，突然抬起頭來，對阿呀說：

　　「我很擔心懷特博士會耍什麼花樣。」

　　他的話音剛落，就有一個人魚衛士匆匆忙忙地進來，上氣不接下氣地對亞特蘭蒂斯王說：

　　「陛下，懷特博士打傷了為他治病的醫生，逃跑了！」

第十三章　博士的陰謀

「校園三劍客」和阿力船長聽説懷特博士逃跑了，都為海底世界的人們擔心。

「怎麼辦？那個博士心術不正，他可千萬別幹壞事呀！真糟糕！」白雪着急地説。

「別擔心，」阿呀安慰大家説，「我們有最先進的定位系統，很快就能找到他的！我擔心的是他沒有任何潛水設備，離開亞特蘭蒂斯的磁力殼會很危險。」

果然，沒有過多久，一個人魚衛士跑了進來説：

「陛下，博士已經找到了！」

正説着，懷特博士被幾個人魚衛士押送着帶了上來。他身體虛弱，並沒有走出多遠，就被人魚衛士找到了。

「你們放開我，放開，我發誓你們一定會因此付出代價的！」懷特博士怒氣沖沖地叫嚷着，企圖掙開人魚衛士的手。

「放開他！」亞特蘭蒂斯王吩咐道，於是懷特博士被放開了。

「親愛的陸地人朋友，你為什麼要跑呢？難道是我的手下怠慢了你嗎？」亞特蘭蒂斯王問話的時候臉上依然帶着微笑，「如果你想離開，只要答應保守我們的秘密，我是不會阻攔你的！可你不應該傷害我的國人呀！」

「笑話！」懷特博士站在那裏，冷笑着整理一下衣領，傲慢地説，「我是A國軍方的科學家，我十九歲的時候就開始角逐諾貝爾獎了，你是什麼低級生物，敢跟我這麼説話！」

「你，太過分了！」楊歌忍不住説道。

「好了！」亞特蘭蒂斯王伸手示意楊歌不要衝動，他接着説，「你是一位科學家，這麼説你到我們這裏來是另有目的？」

懷特博士滿臉的不屑，很神氣地説：「哼！你以為你們在大西洋海底就能瞞過我嗎？我很早就懷疑亞特蘭蒂斯文明在大西洋中部，並且一直致力於亞特蘭蒂斯的研究，只可惜……」他的話語一轉，忿忿地説，「軍

方的那幫笨蛋，他們不相信我的話，還認為這是無稽之談，在經費上只給我極少的一點兒錢，還不夠我買儀器呢！要不是這樣，我早就揭開亞特蘭蒂斯之謎了！」

楊歌問道：「那你是怎樣找到亞特蘭蒂斯的？」

懷特博士狂妄地笑道：「這有何難！我設局抓到美人魚阿呀，把她帶回實驗室以後，就把阿呀麻醉了，並在她手臂的皮膚下面移植了一個小型跟蹤器。其實不用你們三個孩子相救，我也想在第二天把她放了，好讓她帶我找到亞特蘭蒂斯。那天你們救了阿呀之後，雖然我有半個小時左右的時間失去了對阿呀的記憶，但我一回到實驗室，看到實驗室裏的跟蹤裝置，我就什麼都想起來了。第二天早晨，我就駕駛我的小型科學考察船動身尋找亞特蘭蒂斯。接收裝置一直清晰無誤地顯示着阿呀所在的位置，因此，阿呀的行蹤始終在我的掌握之中。我按接收器上顯示的座標，終於來到了這片海域。那天我潛水到海中考察時，遇見了鯊魚，後面的事，你們就都清楚了。」

「那你為什麼還要逃跑？」阿力船長生氣地問道。

「哈哈……」懷特博士爆發出一陣狂笑，他激動

萬分地大叫着，「我要讓那幫笨蛋知道，我是個天才，我要得諾貝爾獎！還有，如果我們擁有亞特蘭蒂斯的技術，A國一定會成為世界頭號軍事強國。那時候，我們發動第三次世界大戰，將所向披靡，無人可敵，我們將成為世界的霸主，我也將名垂青史，流芳百世，哈哈……」

大廳裏回蕩着他那令人毛骨悚然的笑聲。

「**不是名垂青史，你將成為千古罪人！**」始終保持着克制的亞特蘭蒂斯王頓時怒不可遏，他「啪」的一聲放下手中的酒杯，他的身體因為憤怒而微微顫抖，他義正詞嚴地説，「帶來戰爭的人，將成為全世界的罪人！」

「哈哈，是嗎？」懷特博士狡猾地環顧四下，接着又猙獰地笑着説，「你們給我聽着，我已經用隨身攜帶的微型發報機給A國最高軍事指揮部發了報，要求他們派兵前來攻打亞特蘭蒂斯王國。不用多久，這片海底的文明世界就屬於我們了！」

懷特博士得意地手舞足蹈，不時發出一陣陣狂笑。

「當時我們真不該救你的！讓你餵鯊魚好了！你這

恩將仇報的傢伙！」張小開氣壞了，憤怒地喊着。他簡直恨透了眼前的衣冠禽獸。

「哈哈，當然，你們救了我的命！只要你們棄械投降，把這裏的先進設備讓給我們，並且聽從我的指揮，我就決不會傷害你們！」懷特博士的眼珠一轉，假裝大度地説。

「你們不會成功的！我們會用盡方法去捍衛和平！亞特蘭蒂斯的文明比我們陸地人類的文明要發達得多，你們A國軍方貿然進攻它，這難道不是自取滅亡嗎？」楊歌信心滿懷地説。

「那你可就大錯特錯了！」博士奸詐地一笑，「亞特蘭蒂斯雖然文明高度發達，但我已發現，這裏舉國上下都找不到一件武器，我們完全可以輕而易舉地戰勝他們。」

「你胡説！」白雪不相信，揮舞着手臂大聲喊着，「亞特蘭蒂斯一定能打敗你們的！」

白雪説着，回過頭充滿希望地看着亞特蘭蒂斯王，希望他能開口説句話，鼓舞士氣，可是……

白雪看見人魚們都呆呆地站着，神色慌張。亞特蘭

蒂斯王沉默不語，懷特博士的話顯然擊中了他的要害，使他前後判若兩人：他好像在瞬間一下子老了十幾歲，臉上的皺紋加深了，雪白的鬍子也有些凌亂，剛才的神采飛揚全都被無奈和恐懼代替了，現在他更像是一個虛弱無助的老人，而不是剛才那談笑風生的君主。

「這是怎麼回事？」白雪簡直不敢相信自己的眼睛，驚訝地張大了嘴。

「父王！我們該怎麼辦呢？」阿呀的臉上寫滿絕望和悲哀，蹲在亞特蘭蒂斯王的膝前，緊張地望着蒼老的父親。亞特蘭蒂斯王滿含憐惜地看着愛女，他愛撫着女兒的秀髮，長歎一聲，說道：「小阿呀！我們這次真的是大禍臨頭了！」

他的聲音不大，但是誰都能聽出話語裏的那絲顫抖，隱隱約約，在他的眼睛裏有一絲淚光閃過。

「難道，難道他說的是真的？」楊歌懷疑地問，他感到不安，他是多麼希望這一切都不是真的，是懷特博士為了恐嚇大家而捏造的。

許久，亞特蘭蒂斯王徐徐地說：「博士說的千真萬確，我們亞特蘭蒂斯王國雖然文明高度發達，但是，由

於我們數千年來一直過着和平的生活，所有的武器早就在我們的生活中消失了。如果有人侵略我們，我們確實連抵禦的能力都沒有。因此我們是抵擋不了他們的進攻的！」

楊歌憤怒到了極點，他質問懷特博士道：「亞特蘭蒂斯人熱愛和平，與世無爭，聰明而又善良，你們為什麼要侵犯他們？你不覺得你們的意圖很邪惡嗎？」

懷特博士笑道：「我不管我們的做法是正義還是邪惡。我們A國軍方的目的只有一個：佔有亞特蘭蒂斯人的文明成果，使A國成為世界上最強大的國家。」

這時，亞特蘭蒂斯王向楊歌他們懇求道：「你們帶着阿呀走吧！馬上離開這個地方！躲開戰爭。」

「那你呢？」楊歌問。

「我？」亞特蘭蒂斯王慘笑，但堅定地說，「我要和我的國人在一起，直到戰死！」

「不，父親，我要和你在一起！」阿呀聞言，大驚失色，她一頭撲進亞特蘭蒂斯王的懷裏，淒婉地說，「我不要離開你，難道你不要我了嗎？」

他們父女倆抱在一起，失聲痛哭。楊歌等人看到這

樣的場景，無不潸然淚下。

「你這個禽獸不如的傢伙，我揍死你！」性格耿直的阿力船長剛才聽完博士的話，早就摩拳擦掌，按捺不住了。現在看到阿呀父女生死訣別的場面，頓時怒火沖天，提着拳頭，從座位上跳起來，要將博士揍一頓。

「你，你要幹什麼？」懷特博士看着暴怒的阿力船長氣勢洶洶地撞了過來，不由得嚇了一跳，撒腿想跑，但卻被士兵們牢牢地抓住了胳膊。

「阿力船長，算了吧！」

正當阿力船長一把將博士拎了起來，他那斗大的拳頭眼看就要狠狠地落在博士身上的時候，亞特蘭蒂斯王突然開了口，他阻止住了阿力船長。

「生死由命吧！亞特蘭蒂斯的悲劇眼看又要重演了。」他深深地歎息着，心情無比複雜，痛苦地閉上了雙眼。

「悲劇重演？什麼意思？難道真像傳說中說的，當年亞特蘭蒂斯的沉沒是因為戰爭？」楊歌心想。

就在這時，一個人魚衛士氣喘吁吁地跑來報告，驚恐地大喊着：

「不好了，國王陛下，磁力殼外面出現了許多艦船和潛艇。亞特蘭蒂斯王國受到了戰爭的威脅！陛下，快想想辦法吧，否則就來不及了！」

遠處，隱隱約約傳來了馬達的轟鳴聲，大家一下子沉默了，都凝神傾聽那可怕的戰爭預兆。

115

第十四章　制止戰爭

「**我**們不能坐以待斃，也許我們會有辦法避免這場戰爭！」楊歌轉身深深地看了亞特蘭蒂斯王一眼，誠懇地説。

「可是……」亞特蘭蒂斯王欲言又止。白雪打斷了他的話，説道：「就讓我們一起來想辦法吧！」

張小開接着説：「楊歌説得對，無論如何我們得試一試！我們『校園三劍客』可不是好惹的！」

「可是，能行嗎？他們可有潛艇呀！」阿力船長搖搖頭説道。

「校園三劍客」沒有回答，事實上他們自己也沒有多少把握，是否能成功，也是未知之數，但是他們知道一定要去試一試。

大廳裏的悽慘氣氛被一種更為凝重和嚴肅的氣氛取代了。

「你們別白費力氣了！」站在一邊的懷特博士見此

情形，又神氣了起來，他洋洋得意地說，「我看你們一定失敗，還是趁早投降吧！」

「不！我們決不向侵略者投降！」亞特蘭蒂斯王洪亮的聲音突然在大廳裏響起，他表情肅然，目光堅毅，大聲地宣布道，「我們要用自己的鮮血去捍衛和平！現在，全國進入緊急備戰狀態！所有的人都要為和平而戰！」

亞特蘭蒂斯王和眾人來到宮殿的議事廳。他坐上國王的寶座，目光炯炯有神，發布着一道道命令，部署着戰略：

「亞里克萊，你率領章魚保鏢去破壞潛艇的超聲波探測系統，盡量爭取時間，拖住他們！里拉維多，帶着婦女和兒童先撤退到谷地……」

「……

亞特蘭蒂斯王運籌帷幄，希望能想盡一切方法來捍衛自己的家園。然而，每一個亞特蘭蒂斯人心裏都知道，雖然他們有着讓陸地上所有人瞠目結舌的高度文明，但是熱愛和平的他們已經習慣了安寧平靜的生活，他們數千年未經歷過戰爭，不知道該如何去迎接戰爭的

來臨。在早有預謀，並且有着豐富戰爭經驗的瘋狂侵略者面前，他們十有八九是要被打敗的。看來，亞特蘭蒂斯王國遭受滅頂之災的命運是無可避免了。

此時的「校園三劍客」表現出了超乎他們年齡的沉着與鎮定。他們積極地開動腦筋，思考着拯救亞特蘭蒂斯的辦法。突然，楊歌腦中靈光一閃，説道：「有辦法了！」

「什麼辦法？」張小開和白雪異口同聲地問道。

楊歌拍着張小開的肩膀説：

「小開！這次就全看你的了！」

「什麼？」張小開糊裏糊塗地聽着，「我？我能有什麼法子？」

大廳裏的人也都一臉詫異地看着楊歌。

楊歌胸有成竹地説：

「還記得在尼斯湖嗎？」

「嗯，記得，怎麼了？」張小開摸着腦袋，極力回憶着，他還是不明白。

「你不是利用電腦進入軍方的潛艇和軍艦的控制系統嗎？只要輸入電腦病毒，它們就會……」

「它們就會系統混亂，沒法控制了！」張小開明白過來，他馬上打斷了楊歌的話，「這樣我們就不怕什麼潛艇了！哈哈，楊歌，你真行！」他興奮地拍打着楊歌的肩膀，高興得跳了起來。

大家這才明白過來，都為楊歌的機智報以熱烈的掌聲，亞特蘭蒂斯王不由得微笑着撫着鬍子，連連讚許地點頭。

「那麼事不宜遲，馬上就幹吧！」楊歌提醒着，時間拖得越長，對亞特蘭蒂斯王國越不利。說幹就幹，電腦天才張小開敏捷地從背包裏拿出手提電腦，就地盤腿一坐，打開電腦，聚精會神地開始編寫着病毒程式。

時間一點點過去，所有的人都緊張地看着小小的電腦屏幕。偌大的宮殿，只聽見眾人呼吸的聲音。每個人心裏都沉甸甸的，被這緊張的氣氛壓得喘不過氣來。張小開絲毫不敢鬆懈，甚至連眼睛都不敢眨一下，板着臉，只顧埋頭苦幹。他知道他現在做的是一項艱巨的工作，事關重大，關係到整個亞特蘭蒂斯王國未來的命運。

「哼！就憑你？」

一邊被人魚士兵們押着的懷特博士看着張小開在那裏忙着編寫程式，連連冷笑。他根本就不相信眼前這個小孩能突破軍隊精心設計的電腦系統。

　　屏幕上，一串串的數據密密麻麻地排列着。懷特博士再次漫不經心地朝那裏看了一眼，不看則已，一看，他不由得大驚。

　　「這不可能！」他用那訓練有素的頭腦，迅速演算着張小開列出的數據，「怎麼，怎麼全都是可能突破防禦系統的口令，難道他真的能……」

　　懷特博士心裏暗叫不妙。他想自己剛才真的是小看了這個大腦袋的小傢伙。他意識到，眼前的張小開確實像他以前說的那樣，是個天才，甚至，比他還強。他很清楚，自己在張小開這麼大的時候，也不能編出突破軍方如此嚴密系統的程式。他心想：

　　「這小子將來肯定能得諾貝爾獎！可是現在，他卻要壞我的大事了！」

　　張小開設計的電腦病毒最先被存入亞特蘭蒂斯王國中心的發射器裏，然後通過發射器強大的發射功能，以電波的方式滲透到軍方的潛艇及軍艦網絡中。很快，軍

艦上的病毒開始擴散，控制員也發現艦艇的控制系統全部失靈了。

「趕快報告將軍，控制系統失靈，控制系統失靈！」

工作人員急得滿頭大汗，對着對講機連連呼叫。與此同時，潛艇也紛紛喪失了功能。就這樣，所有的潛艇和軍艦就像一堆堆廢鐵一樣，靜靜地停了下來，再也不動了。

艦艇上的科學家緊張而迅速地檢查了電腦系統後發現，有一個來源不明的黑客侵入了防禦系統，他控制了所有的艦艇。

「你們怎麼搞的？平時個個都自稱是世界級的科學家，現在怎麼全都站在那裏不動了？真是一羣廢物！」將軍大發雷霆，眼看就要到手的勝利轉眼飛逝，他怎麼可能不惱羞成怒呢？

「我們竭盡全力了，可是，這種病毒我們以前從未見過，它甚至將電腦硬盤也給摧毀了……」一個科學家唯唯諾諾地解釋着，將軍狠狠地瞪了他一眼，歎了口氣，無奈地坐下。

這時，一陣悠揚的音樂聲傳了過來。那音樂如行雲流水一樣，優美動聽，將軍不由得凝神傾聽。樂聲更大了，縈繞在潛艇的周圍，越來越響，一時間，所有的人都忘情地陶醉在音樂聲中。

「咕嘟，咕嘟⋯⋯」

平靜的海面上突然冒出了奇怪的水泡，接着探出了很多頭來。

「天啊！人魚！」

　　將軍發現在他周圍的海面上，無數人魚不斷地探出頭來，他們有男有女，神情自若，姿態優美。他們手上都彈奏着一種像豎琴一樣的樂器──那些動聽的音樂就是從那裏傳出來的。

　　將軍很想命令他的手下朝人魚開火，將他們一網打盡。他邁步想走到指揮台前，可是，他動不了，他發現自己的意識不能控制自己的行為，身體的每一個部位都像是長在別人身上，不能説，不能動，一點兒辦法都沒

有。

　　音樂聲大了，將軍聽着聽着，昏昏欲睡，他的腦海中開始變得混亂，很快陷入了極度疲倦和睏乏中，腦袋一歪，在音樂中睡着了。此時，艦艇上的每一個人都和他一樣在安靜地沉睡。就這樣，艦艇像廢鐵一樣停泊在海面上。

　　人魚們神秘地沉入了大海，他們激起的圈圈漣漪緩緩消失後，什麼都沒有了，就像什麼都沒發生過一樣。

　　等到艦艇上的人醒來，事情就不一樣了：艦艇奇跡般地恢復了正常的控制（其實是張小開又施放了解除病毒程式），所有的人都只記得軍隊開往了大西洋中部，然而，至於來幹什麼，幹了些什麼，為什麼會沉睡……就什麼都不記得了，這段時間裏的記憶成了一片空白。

　　將軍也不例外，他覺得自己的記憶好像少了點兒什麼，也試着拚命地在腦海中尋找缺少的那部分記憶，可是任由他想破了頭，還是什麼都不記得。最後，他只好就這樣放棄了。

　　在萬般無奈之下，將軍不得不命令他的艦隊返航

了。

　　你一定猜出：將軍和他的士兵們之所以會出現片段失憶，是因為亞特蘭蒂斯人用洗腦波的音樂將他們的記憶抹去了。這一回的洗腦波比上次「校園三劍客」拯救阿呀時所體驗到的洗腦波的功率要強幾百倍，將軍和士兵們不要說四十八小時之後，就是他們這輩子，也回憶不起來這段經歷。

　　除了水底下的「校園三劍客」、阿力船長、懷特博士幾位陸地人，其他陸地人從此對亞特蘭蒂斯又變得一無所知。

　　亞特蘭蒂斯又成了陸地人的未解之謎。

第十五章　亞特蘭蒂斯往事

「入侵軍隊的所有官兵全部被我們用洗腦波洗腦，他們再也不能來找我們的麻煩了！戰爭已經結束，我們又能過安靜的日子了。」聽完手下傳來的捷報後，亞特蘭蒂斯王大喜過望，激動地宣布道。

「太好了！」

大廳裏爆發出一陣陣歡呼，所有的人都為解除了危機感到歡欣鼓舞。人們湧了上來，把張小開、楊歌和白雪高高地抬起來，像對待英雄一樣向他們致敬。

「你們拯救了整個亞特蘭蒂斯王國，我們將永遠感謝你們，我們的小英雄！」亞特蘭蒂斯王精神奕奕地說。「校園三劍客」也由於激動和興奮而滿臉緋紅。

整個王宮成了一片歡樂的海洋，人們載歌載舞，為擺脫戰爭，重新恢復和平的生活而慶祝着。

「你們別高興得太早了！」

突然，一聲怪叫響徹王宮，楊歌不由得打了個寒

顫，一種**不祥的感覺**緩緩蔓延開來。似乎都被大家遺忘了的懷特博士躥到了高台上，他舉起了手中的一個小東西，喊道：

「你們看！這是我親手設計的微型原子彈，它的力量無比強大，能將整座亞特蘭蒂斯城炸毀，哈哈，你們去死吧！」氣瘋了的博士竟然想和亞特蘭蒂斯王國同歸於盡。

人羣中響起了驚恐的尖叫，人們剛剛從戰爭的陰影中走出來，馬上卻又被死亡的陰影籠罩。

「難道你自己不怕死嗎？別忘了，你也逃不了！」張小開高聲叫道。

「我活着的目的就是為了成名、發財，當世界的霸主。現在，我的計劃失敗了，我活着還有什麼意思？乾脆，就讓你們，還有整個亞特蘭蒂斯大陸，陪着我一起去死吧！哈哈哈哈……」

懷特博士一邊獰笑着一邊用發抖的雙手擰掉了保險裝置，原子彈冒出一股白煙。他發出一陣陣狂笑，扭曲的臉變得更加猙獰恐怖。

喧鬧的人羣頓時變得鴉雀無聲，人們停住了歌舞，

帶着悲哀和憤怒，用仇恨的目光盯着發瘋的博士。他們默默地等待着死亡的來臨，亞特蘭蒂斯王國眼看就要變成一座巨大的墳墓。

「不……」

在最危險的關頭，力大無窮的阿力船長像一頭憤怒的獅子，撥開人羣怒吼着衝了過去，他像銜小雞一樣一把將博士揪了起來，撒腿就往城外跑去。

這瞬間發生的變故，讓所有人都蒙了，大家呆若木雞地站在那裏，不知道該怎麼辦！

「快，跟上阿力船長！」

楊歌第一個恢復了清醒，他焦急地喊着大家，於是眾人跟着楊歌，緊追在阿力船長後面。

阿力船長滿頭大汗，氣喘吁吁，兩隻手像鐵鉗一樣死死地掐住博士，朝着城外的海底火山跑去。

「放開我，放手！你究竟想幹什麼？」懷特博士在他背上捶打着，大喊着。

阿力船長毫不理會，腳步更快了，火山口越來越近。

阿力船長以不可思議的速度，來到了山頂的火山口，他停住了。

「阿力船長，阿力船長……」

遠處傳來了楊歌等人的聲音，所有的人都在大聲呼喚着阿力船長的名字。

楊歌依稀看見，阿力船長緩緩地回過頭，眼眸溢滿憂傷，但是突然他又笑了，無比的滿足，無比的欣慰。瞬間，他就那樣掐着博士，一起跳進了亞特蘭蒂斯城邊那黑洞洞的海底火山之中，不見了！

「不！」

阿呀撲倒在地，淚水迷蒙。緊接着，一聲巨響震天動地——原子彈在火山中爆炸了。火紅滾燙的岩漿噴湧而出，大海被岩漿的紅光點亮了。

原子彈爆炸的時候，波賽多尼亞城發生了七級地震。但是由於火山在城外，加上原子彈是在離地面很遠的地心爆炸的，所以除了一部分建築物由於地震而略有毀壞外，亞特蘭蒂斯並沒有太大的人命傷亡，這真是不幸中之大幸。

幾天後，亞特蘭蒂斯王、阿呀、「校園三劍客」來到阿力船長跳進去的那個火山口。當日火紅滾燙的岩漿現在已經冷卻凝結，變成了暗暗的黑色，地上依然積着厚厚的火山灰。阿呀默默地把一束潔白的海菊花放在了火山口的岩石上，她美麗的眼睛中含着一汪淚水。

「我們不會忘記阿力船長的！永遠不會！」楊歌堅定地説，他眼前似乎又出現了阿力船長那粗獷的笑臉。

「亞特蘭蒂斯也不會忘記！他是我們國家的英雄！」亞特蘭蒂斯王表達出他對阿力船長的深深敬意，「我們將要為他樹立一塊紀念碑，我們還要告訴我們的後代，有這麼一位陸地人曾經為保護亞特蘭蒂斯獻出了生命！」他鄭重地説，表情莊嚴肅穆。

「阿力船長這次來到大西洋中部，其心願就是為了解開亞特蘭蒂斯之謎。國王陸下，現在，你是否可以了

卻阿力船長的心願，把亞特蘭蒂斯的歷史告訴我們？這其實也是我們來到這裏的目的。」楊歌沉鬱地説。

亞特蘭蒂斯王思索片刻，緩緩地説：「好吧，請你們跟我走，讓我把亞特蘭蒂斯的所有往事都告訴你們吧。」説着，他帶頭朝山下走去。

亞特蘭蒂斯王一直把他們帶到了來時經過的廢墟前，楊歌彷彿又一次聽到了死去的靈魂那哀怨的歌聲。

「就是這裏了！」亞特蘭蒂斯王黯然神傷地停住了腳步，「這座廢墟中隱藏着亞特蘭蒂斯人**最痛苦**的記憶，以至於每一位亞特蘭蒂斯人都不願在內心世界裏去接觸它。」

「難怪那天我們經過這裏時，阿呀姐姐不説話。」張小開望着阿呀説道，阿呀無聲地點了點頭，眸裏滿是哀傷。這究竟是怎麼回事？

「九千六百年前，這裏是一片美麗的、文明十分發達的大陸，它位於『海克力斯之柱』（即今直布羅陀海峽）之外，面積比你們陸地上的北非和小亞細亞的總和還大。這片大陸的沿岸有很多山脈，中間是一塊開闊的大平原，土地肥沃，礦產豐富，人們幸福地生活

着⋯⋯」亞特蘭蒂斯王低聲訴説着過去的繁華，「陸地上有很多不同種類的動物和植物。亞特蘭蒂斯首都位於大陸的中心，是一個富裕繁華的大都會。市中心坐落着金碧輝煌的王宮和供奉海神波塞冬的神廟。殿內富麗堂皇，到處可見金、銀和亞特蘭蒂斯特有的金屬——山銅做的裝飾。主島由三條寬闊的運河環繞，運河和陸地把全島劃分為七個同心圓形的區域，另一條運河從中心貫穿各區，直通海岸⋯⋯一切都是那麼美好！」

亞特蘭蒂斯王接着又向「校園三劍客」詳細地講述了亞特蘭蒂斯的行政結構、典章禮節、巨大的商船隊和各項壯麗的建築。亞特蘭蒂斯分為十個區域，由十個國王統治，國力一直富強。

聽着亞特蘭蒂斯王的話，望着眼前殘留下來的被燒得烏黑的斷壁殘垣，楊歌幾乎不相信這片乾枯的土地上也曾有過那麼美麗的過去。

「後來，亞特蘭蒂斯大陸中的十個國家為了爭奪疆土，爆發了一場戰爭！」亞特蘭蒂斯王望着「校園三劍客」低聲地説，「無數人加入了這次戰爭，軍隊不停地開來，他們在這裏紮營、打仗，一次又一次的戰役在這

片大陸上進行着，不斷有人死去，鮮血把泉水都染成了紅色……」

阿呀低下頭，開始小聲地抽泣。天似乎也暗下來了，風突然猛烈地吹拂過來，夾着嗚嗚的哭聲，説不出的詭異。大家突然覺得寒冷，開始有些害怕。

楊歌抬頭望着荒蕪的廢墟，好像看見一羣羣士兵正在打仗，他們像銀幕上的慢動作一樣，緩緩地倒在槍口下；數不清的人在地上掙扎着、爬行着，他們的臉痛苦地扭曲着，鮮血漫過了大地；成千上萬條手臂無助地伸向天空，他們受傷的身體痙攣着……死神獰笑着，無情地奪走他們的生命！

亞特蘭蒂斯王沉重地接着説：

「後來，所有的王國都動用了原子彈。數以千計的原子彈在同一天裏同時爆炸，亞特蘭蒂斯大陸被摧毀了，陸地開始下沉……突然暴發的洪水和恐怖的地震襲擊了所有的國家。整個大陸便在悲慘的一晝夜間陷了下去。滾滾的海水淹沒了整個亞特蘭蒂斯王國。王國裏百分之九十以上的人在戰爭中死去，剩下百分之十的人為了適應海裏的生活，下半身逐漸變成了魚尾。當我們終

於適應海裏的生活時，我們開始在海底重建自己的文明。我們每一個人的心中，都銘刻着深深的懺悔！我們渴望永遠躲開可怕的戰爭！」

「哦！原來是這樣！」楊歌明白了，「因為你們害怕歷史重演，所以你們銷毀了所有的武器！」

「是的！」亞特蘭蒂斯王説，「戰爭是多麼可怕呀！」

大家默默無語。

「對了，我還想請求你們一件事！」亞特蘭蒂斯王嚴肅地對「校園三劍客」説。

「陸下，你説吧！我們一定盡力而為！」楊歌代表「校園三劍客」誠懇地説。

「為了亞特蘭蒂斯的安寧，為了不讓陸地上的好戰分子來打擾我們，我希望你們回到陸地後，不要向任何人提起有關我們的事情！你們能做到嗎？」亞特蘭蒂斯王神色嚴峻地説。

「請放心吧，我們一定遵守諾言，不會向任何人説起這裏的事情！」「校園三劍客」毫不猶豫地保證道，「亞特蘭蒂斯將擁有像過去一樣平靜的生活！」

尾聲

第二天早晨,「校園三劍客」出發了,他們被亞特蘭蒂斯人悄悄地送回到岸邊。阿呀心裏十分難過,她實在是捨不得「校園三劍客」離開,相處的這段日子裏,他們成了好朋友。

「我們還能見面嗎?」阿呀拉着「校園三劍客」的手,眼淚刷地流了下來。

「會的!」楊歌安慰她説,「等到世界上再也沒有戰爭的時候,你們就不用躲在水底了,那時,我們就能見面了!」

「嗯!」阿呀用力地點了點頭。

阿呀目送着「校園三劍客」漸漸地遠去。當他們消失在遠處的椰樹林中時,阿呀還飄在海面上朝着他們離去的方向傻傻地望着……

「希望相聚的那一天早日到來!」

阿呀用心祈禱着,無比虔誠!

亞特蘭蒂斯之謎

古希臘的偉大哲學家柏拉圖是最早記錄亞特蘭蒂斯的人。他在公元前350年撰寫的哲學名著《對話錄》中，曾記載了在公元前421年，他的老師大哲學家蘇格拉底與三個學生之間的一次對話。其中一個學生是柏拉圖的表弟柯里西亞斯。

柯里西亞斯在談話中説，他們家族的遠祖、古希臘七賢之一的索倫有一次到埃及去旅行，在薩以斯城向一個老祭司請教古代的歷史典故。那老祭司告訴他，據埃及歷史記載，大約九千六百年前，一支來自大西洋遙遠島國亞特蘭蒂斯的軍隊曾侵略歐洲。老祭司説，亞特蘭蒂斯位於「海克力斯之柱」（即今直布羅陀海峽）之外，面積比北非和小亞細亞的總和還大，是個強大帝國的權力中心。面對強大的侵略者，當時的希臘人「是眾多部族的領袖……鄰近部族投降後，只好單獨抵抗」。經過艱苦奮戰，「粉碎了敵人的入侵計劃，使那些尚未屈從的人免於為奴，還解放了海峽內其他已被征服的城邦」。老祭司又説，「後

來亞特蘭蒂斯發生了猛烈的地震和大洪水，一晝夜之間，所有這些好戰的人都遭到活埋，亞特蘭蒂斯也就從此沉入海中了。」

在另一篇未完成的對話《柯里西亞斯》中，柏拉圖再次記錄了柯里西亞斯所說的亞特蘭蒂斯的情況，這次說得較為詳細和具體：亞特蘭蒂斯沿岸多山，礦產豐富，首都是一個富裕繁華的大都會，市中心有供奉海神波塞冬的神廟。殿內富麗堂皇，到處都有金、銀和山銅的裝飾。

柯里西亞斯詳細講述了亞特蘭蒂斯的行政結構、典章禮節、巨大的商船隊和許多壯麗的建築，又說亞特蘭蒂斯分為十個區域，由十個國王統治，國勢一直很富強。但隨着生活的安逸，他們聖潔的一面逐漸消失，變得腐敗無能，日趨墮落，「他們利慾熏心，只知爭權奪利」。在這種情況下，大神宙斯決定懲罰亞特蘭蒂斯人。他「召集諸神來到自己的神殿內……諸神齊集於神殿後，他說——」柏拉圖所記的對話到這裏就中斷了。

柏拉圖去世後數百年間，古希臘、羅馬的學者們就曾對亞特蘭蒂斯存在與否爭論不休。持否定意見的人認為

這是柏拉圖在論述哲學時所列舉的寓言故事。而持肯定意見的人認為，在《對話錄》中，柯里西亞斯曾三次強調真有其事，蘇格拉底也說，這個故事「好就好在是事實，這要比虛構的故事強得多」。而最先講述這個故事的索倫是古希臘公認的誠實的人，他生活的時代比柏拉圖只早二百年，因此靠口授流傳下來是完全可能的。另外值得一提的是公元五世紀時的羅馬學者普洛克勒斯曾引述地理學家馬塞勒斯的一個手抄本，內容稱亞特蘭蒂斯的傳說是由去過一個遙遠的海島的旅客收集的，據說該手抄本保存在亞歷山大圖書館中。但亞歷山大圖書館後來燬於戰火，該手抄本也不知去向。

　　但在當時，不論是支持者還是反對者，大多限於口頭爭論。到了十五世紀以後，哥倫布發現新大陸，掀起了歐洲人探險和尋找新領土的熱潮，傳說中失落的亞特蘭蒂斯再一次成為世人關注的熱點。這一次不再是紙上談兵了，探險家和科學家們開始在全球搜尋亞特蘭蒂斯。四百年來，人們引用《聖經》、歷代神話和考古學的成果為依據，提出了四十多個被懷疑為亞特蘭蒂斯的地點。其中公

認可能性較大的，有三處地方：

地中海上的聖多里尼島　從公元前1950年到公元前1470年左右，來到該島的克里特人曾創造了輝煌的邁諾斯文明。但公元前1470年的一次火山大爆發摧毀了聖多里尼島的一部分，也毀滅了邁諾斯文明。今天其殘餘部分被稱為西拉島。

有資料表示，災變之前，邁諾斯是地中海最強盛的國家，而克里特人用繩索捕捉野牛、供奉海神波塞冬等習俗，與柏拉圖筆下的亞特蘭蒂斯相似。

還有人指出，從今天的遺址看，火山爆發前的聖多里尼島很可能就是一個環狀島嶼，也與柏拉圖的記載相同。但柏拉圖說亞特蘭蒂斯的毀滅是在9,000年前，而聖多里尼島的毀滅是在900年前。於是有人就說，可能是由於流傳或翻譯的錯誤，使索倫聽到的亞特蘭蒂斯毀滅年代數字加大了十倍。就算如此，柏拉圖記載着亞特蘭蒂斯是在「海克力斯之柱以外」，即大西洋，而聖多里尼島卻在地中海。這就不大能使人信服了。

大西洋的亞速爾羣島一帶　這裏恰好是直布羅陀海峽

之外，而且按板塊漂移說，大西洋部分拼接得並不嚴密，露出很大的縫隙。亞速爾羣島就位於這個「縫隙」一帶。人們第一次發現亞速爾羣島時，就看到島上四處奔跑的野兔。亞速爾羣島東南的加那利島上還有牛、山羊和狗，是誰把牠們帶到這裏來的？在亞速爾羣島周圍的海洋中還生活着海豹。海豹應該生活在近海，從來不會游到海洋中心，但如果這裏沒有沉沒的陸地，怎麼會曾經是近海呢？

　　但這種看法最大的問題是：柏拉圖筆下的亞特蘭蒂斯是一個具有高度文明的社會，亞速爾羣島卻是荒無人煙的島嶼，沒有發現任何文化遺產，這一點似乎說不過去。

　　大西洋西部的巴哈馬羣島一帶　1968年，有人在巴哈馬的北彼密尼島附近的海底，發現了一些巨石建築的遺跡。但這些遺跡是否就是亞特蘭蒂斯，還缺乏相當的證據。而且在公元九千多年以前，如果有人能從巴哈馬一帶組織起強大的艦隊遠征數萬里以外的希臘，似乎也令人難以置信。

　　近年又有科學家指出，地中海可能是在550萬年以前一個特大洪水期才注滿的。那時在非洲平原上，人類祖

先才進化到剛開始用兩足直立行走。那場水災可能持續了一千年之久，許多陸地被淹沒。因此，亞特蘭蒂斯的故事，會不會是原始人類對這場史前災變朦朧記憶的反映？

　　直到如今，以上幾種關於亞特蘭蒂斯的說法，雖各有一定道理，但卻難以稱得上是圓滿的解釋。亞特蘭蒂斯是否真的存在過？如果存在過，它的遺址又在哪裏？這一切仍然沒有答案，還有待人們進一步探尋。

世界之謎科幻小説系列 **4**

保衞亞特蘭蒂斯

作　　者：楊鵬
內文插圖：Pokimon Lo
叢書策劃：甄艷慈
責任編輯：周詩韵
美術設計：李成宇
出　　版：山邊出版社有限公司
　　　　　香港英皇道499號北角工業大廈18樓
　　　　　電話：(852) 2138 7998
　　　　　傳真：(852) 2597 4003
　　　　　網址：http://www.sunya.com.hk
　　　　　電郵：marketing@sunya.com.hk
發　　行：香港聯合書刊物流有限公司
　　　　　香港新界大埔汀麗路36號中華商務印刷大廈3字樓
　　　　　電話：(852) 2150 2100
　　　　　傳真：(852) 2407 3062
　　　　　電郵：info@suplogistics.com.hk
印　　刷：中華商務彩色印刷有限公司
　　　　　香港新界大埔汀麗路36號
版　　次：二〇一六年二月初版
　　　　　10 9 8 7 6 5 4 3 2 1
版權所有‧不准翻印